日本を見つめる

小澤俊夫

表紙題字　小澤ひので
表紙絵　　小澤明《めい》（当時八歳）

まえがき

本書は、季刊誌『子どもと昔話』に連載した「日本を見つめる」をまとめたものである。表紙は、孫娘たちにかいてもらった。十年以上にわたる連載だったため、内容的に重複するもの、時限的なものは割愛した。

一九四五年八月十五日、天皇の「ポツダム宣言受諾」の放送を、ぼくは立川の自宅で、病の床に伏して聞いた。陸軍第二造兵廠での火薬製造作業に、少国民として全力を挙げて働き、肉体を消耗しつくしたのだった。戦争中には、上空でアメリカのB29爆撃機への日本の戦闘機の体当たりも見た。この瞬間に日本とアメリカの若者が死んだんだと思った。やがて平和憲法が生まれた。嬉しかった。国中が平和憲法誕生を喜んだ。基本的人権とか自由とか、いままで聞いたこともない言葉に感動した。

あれから七十三年。日本の政治は、そのほとんどの期間を自民党が支配してきた。そして巨大な官僚機構は、一時は公僕であるといわれたが、いまやその言葉さえ消え、国民を抑えつける役割を担って自民党に奉仕してきた。

いま、おとなをやっている人間は、子どもたちに明るい国を贈る責任がある。その意味で、私の見つめた日本を読んでいただければ幸いである。

なんだか変だと思っているうちに　（二〇〇四年四月・19号）

アメリカのブッシュ大統領は、大量破壊兵器があるんだといって、国連の意思を無視してイラク攻撃をはじめた。日本の小泉首相は、国際協調が大事だといって、憲法を無視して、イラクへ武装した自衛隊を派遣した。アメリカは大量破壊兵器が見つからなくとも、平気で占領を続けている。日本は、人道支援、復興援助をしないと国際的評価が下がるからやめないのだ、という。

一応、きれいな言葉で説明されるので、なんだかわかったような気がしてきて、まあいいか、となって、成り行きを認めてしまう。そして、目の前で、日本の若者が迷彩服を着て、日の丸を掲げて出発していく姿を見ると、「がんばれよ」という応援の声を出してしまう。「ほかの国に負けないようにがんばれよ」。

サッカーの日本チームを送りだす気分。

みんなが、なんだか変だなと思いつつ、事態は本当に変な方向へ進んでいる。日本は、いまそんな状況にあるのではなかろうか。

どこが変なのか、を意識しておかないと、いつまでも引きずり回されて、気がついたときには、日本が本格的に戦争に巻きこまれていたということになるのではないかと心配である。

そこで、小泉首相をはじめ、政治家たちの発言を、ぼくなりに観察してみた。するといくつかの特徴が見つけられたので、それを書いてみたい。

全体としていえることが、三つあると思う。第一は、日本人がみんなもっている感じ方の偏り、乃至はくせをうまく利用すること。第二は、誰でもがいいと思う言葉を、中身をすこし変えて使うこと。第三は、言葉の意味を広げたり、すこしずらしたりして、いつのまにか、その言葉の本来の意味と別なことを含めてしまうこと、である。この三つのやり方が、微妙に重なり合って使われるので、善良な国民は、なんだか変だなと思いながら納得したような気持ちになってしまうのだと思う。

1 「国際協調が大事である」

この言い方はぼくの分析によれば、第一と第二の重なり合ったケースである。

小泉首相は、アメリカがイラク攻撃を開始しようとしたとき、国連がそれを認められないでもたもたしているあいだに、イギリスとともに強力に攻撃を支持した。小泉首相はそのとき、国際協調が大事だといって、国民を納得させようとした。戦後処理の段階になって、復興援助金問題のときにも、国際協調が大事だといって、ほかの国より突出した多額の援助を申し出てアメリカ政府を満足させた。

国際協調、それは確かに大事なことだ。いろいろな国が協調してことにあたるのは、よいことである。それには誰も異存はないだろう。だから小泉首相がこういうと、国民は、なんだかそれでいいような気になってしまう。

だが、問題はこの言葉の中身である。国際という言葉を聞いて、一般に日本人がイメージするのは何だろう。日本人とアメリカ人が一緒に会をひらくと、それを国際的と感じるのではないか。アメリカ旅行をしてくると、国際的になったと感じるのではないか。第二次世界大戦後の日本人にとっては、アメリカとつきあいさえすれば、それでもう国際的なのである。本当の国際的とは、いくつもの国々とのつきあいであるはずだ。アメリカとつきあえば国際的になると感じるのは、第二次大戦後の日本人の感じ方の偏り、乃至はくせだと思う。

小泉首相はそういう日本人の感じ方をよく知っていて、国連という真に国際的な機関を無視しても、アメリカとさえうまくつきあえば、国際協調として国民を納得させられると考えているのではなかろうか。そして、国民のほうも、アメリカとだけであることを知っていながら、それで国際協調だと納得してしまっているのではないか。

イラクへの自衛隊派兵にあたって、小泉首相は、これは国際協調の一環だと述べた。しかし、国連には一九一ヶ国が加盟していて、イラクへ派兵しているのはわずか四十ヶ国にすぎない。小泉首相は、アメリカからいい点をもらいたい、ただそれだけの気持ちで派兵したのだと思う。アメリカへの忠誠心としかいいようがない。もし本当の意味で国際協調を考えているなら、派兵していない一五十の国の意見にも耳を傾けるべきではないか。しかもそのなかには、フランス、ドイツ、ロシア、中国という有力国がある。彼らがなぜ攻撃に反対かを考えるべきだったのである。

あのとき、小泉首相が、ブッシュと、それに盲従したイギリスのブレア首相だけについていったのは、国際協調と反対の行動だったのである。それなのにそれをなんとなく理解したつもりになって、暗黙のうちに支持した日本人は、自らの感じ方の偏りをうまく利用されたとしかいいようがない。

ドイツテレビの東京支局長であるドイツ人、クラウス・シェーラー氏は、日本人が、アメリカだけについていけばいい、と考えることを、日本人の忠誠心を重んじる考え方と結びつけて次のように分析している（二〇〇四年一月二十三日付朝日新聞）。

「（前略）問題の多いブッシュ政権への忠誠が、小泉内閣にとって、なぜそれほどまでに重要なのだろうか。根っこには、忠誠心というものに対する日本人の考え方があるのかもしれない。目上の者への批判を口にすれば調和を乱したことになり、謝罪しなければならない。日本人は子どもの頃からそう教わる。この忠誠心が米国のネオコンの期待にたまたま重なった。ドイツから来て日本で取材している私にはそう映る。日本では、権力への度が過ぎた忠誠心が姿を見せ始めると、民主主義の勢いが弱まる傾向があるのではないか。米国との関係でも、同様のことが言えるのではないだろうか」。

小泉首相は、アメリカへの忠誠心をもってイラク攻撃を支持しましょう、とはいえないので、国際協調だといいふらしているのだと思う。

私たち国民は、美しい言葉にだまされず、ことの本質を見抜いて、日本の平和を守らなければならないと思う。

2「これが国益にかなうことなのです」

この言い方も、ぼくの分析によれば、第一と第二の重なり合ったケースである。

小泉首相は、アメリカの要求に従って派兵するときも、イラク復興資金を出すときも、国際協調が大事だし、これが国益にかなうことなのです、と主張した。国益といわれると、誰しも、そりゃかなったほうがいいと考える。しかし、小泉首相がいうとき、それは「対米盲従」の枠のなかでの国益に過ぎないのである。

常識的に考えれば、「国益にかなう」とは、国全体にとって益になることを意味するはずである。だからこそ民衆は、小泉首相にそういわれると、なんとなくわかったような気になったのである。ところが、民衆が常識的に理解する「国益にかなう」と、小泉首相のいうそれとは、まったく異なることに気づかなくてはならない。いくつかの、論点を整理して考えてみたい。

①日本は歴史上、一度もアラブ民族と戦ったことはない。軍隊がその国へ入ったことさえない。それどころか、第二次世界大戦後は、ＯＤＡ（政府の途上国援助基金）で国家建設を支援したり、民間商社の努力で商取引を盛んにして、日本人はアラブ人からは親近感と信頼感をもたれてきた。それは、もちろん、日本としては石油欲しさからしてきたことなのだが、あちらは日本に石油を売るこ

とで国の経済を運営してきた。もちつ、もたれつの関係だったのである。それこそ、アラブ諸国との国際協調が成立していた。この積み重ねは、日本にとって、大きな国益なのである。それなのに今回、ブッシュ大統領が国連の制止を無視してイラク攻撃をするのをまっさきに支持し、人道支援、復興支援という美しい言葉を使って、武器をもつ自衛隊を派兵したのである（国内的には、自衛隊は戦闘地域への海外派兵はしないという法律に違反している。この問題は二〇〇四年一月の十八号でとりあげた）。この行為は、これまで積み上げてきた国益を害することになるのではないか。これは次の問題と深く関係している。

②アメリカ占領軍にくっついて、武装してイラクに入った自衛隊は、イラク人の目にどう映るのか。明らかに、アメリカ従属国の軍隊が占領の一翼を担ってやってきたと映っている。もちろん、水道や学校や病院の復興という期待はあるだろう。それだからといって、日本自衛隊がアメリカ従属国の軍隊であるという認識が変わるわけではない。アメリカ従属国の軍隊が水道や病院の復旧もやるということを期待しているだけである。

日本の新聞では、イラク人が日本自衛隊を、もろ手を挙げて歓迎しているように報じているが、イラクの心ある人たちのなまの声が、インターネットでいくつも寄せられている。それらは一様に、「日本自衛隊よ、どうぞ来ないでくれ」と訴えている。いままでイラク人がもっていた日本人への好感が、つぶれてしまうからだと訴えているのである。

③アメリカ占領軍にくっついて、武装した自衛隊がイラクに入ったことを、イラク攻撃に批判的で、派兵していない国連加盟国（191－40＝151）はどう見るだろうか。日本が、これまでもアメリカのいいなりだったことは既によく知られているが、いまや、「そこまでやるのか」という感じで受けとられているに違いない。そのひとつの表れが、前項で紹介したドイツテレビのシェーラー氏の発言である。「日本はなぜそこまでアメリカに忠実でありたいと考えているのだろう」という疑念が、多くの国で生まれているに違いない。これは日本という国の信用を落とすという意味で、大いに国益を損なうことではないか。

④小泉首相が本当に、「国益にかなう」ことが大事だと考えているならば、靖国神社の問題をきっちり解決すべきと思う。彼は中国首脳との会談で「未来志向で考えよう」といって帰ってきた。しばらくして靖国に参拝した。中国側から見ると、「未来志向」とは、靖国問題を、日本の基本的な戦争責任という視点に立ち帰って、未来にプラスになるような方向で解決することだった。ところが、小泉首相は国内では、中国も理解してくれるはずだといって参拝をくり返している。この行為は、中国、韓国から見たら、完全に背信行為なのである。今年の元日には四度目の参拝をしたので中国人の対日感情は非常に悪化している。これまでは紳士的に対応してきた温家宝中国首相もついに、三月十四日、北京で直接的表現で批判した。「中日関係の主要な問題は、日本の一部の指導者がA級戦犯がまつられている靖国神社に何度も参拝し、中国とアジアの人民の感情を大きく傷つけてい

ることだ」（三月十五日付朝日新聞夕刊）。

首相のこの「背信行為」は、大いに国益を害している。日本にとって深刻な問題なのである。

このように、よく見ると「国益にかなっていない」ことなのに、言葉として「国益にかなう」と首相がいうと国民は言葉自体の美しさにだまされて、そういうものかと思ってしまう。日本ではいま、そういう状態が続いていると思うのである。

前述した、首相や政治家の発言の特徴のパターンでいうと、第一と第二のパターンが、ふんだんに使われていることがわかる。第三のパターンについては別の機会に書きたい。

日本人一人ひとりが、首相や政治家の発言を用心深く聞いて、だまされないようにしなければならないと思うのである。

内向きと一辺倒 （二〇〇四年十月・21号）

テレビを見ていると、アナウンサーが、「では、ここから大リーグ情報です」という。そしてすぐに、「今日イチローは、四打数二安打。打率を三割二分七厘に上げました」とか、「今日ヤンキースの松井は、四打数ノーヒットでした」などという。そして、彼らの映像を流したり、もうひとりの松井のこと、石井のことなどを報道して、「では、次に日本のプロ野球ニュースです」と進んでいってしまう。ぼくは、「えっ、これが大リーグ情報？　大リーグって日本人選手だけでやってんの？」といいたくなる。

あの広いアメリカで、たくさんのプロ野球チームが競技していて、すばらしい選手がたくさんいるのに、そんなものは、よほど目立った記録でも出さない限り報道しない。まるで日本人選手だけが活躍しているみたいな報道ぶりである。イチローが新人の四年連続二〇〇本安打に迫っている、とか、高打率を維持しているというようなことなら、もちろん報じるに値する。だが、日本人選手だからといって、ノーヒットでした、なんてことを貴重な電波を使って報じる必要があるだろうか。

アメリカ人、キューバ人、オーストラリア人、韓国人、台湾人などの選手が、大リーグという大きな場でどんなプレイをしたのか、それを報じるのが、「大リーグ情報」の役割なのではないか。

日本からも優れた選手がその広い場に参加して、いろいろな国の選手のなかで、その一員として力をだしてプレイしている、その全体の姿を報じるのが、日本のメディアの役割ではないのか。

ぼくは、日本のメディアの内向き姿勢は、日本人の考え方、物事の捉え方の面で大きな問題をはらんでいると思う。

外国のどこかで飛行機事故があると、日本人乗客がいたかどうかをまず問題にする。「日本人は乗っていなかったようです」となると、ほとんどの場合、それ以上、その事故について報道しない。逆に、日本人が乗っているとなると、その人についての報道が過熱してくる。きわめて詳細に、その人と家族と周辺の人たちについて報道する。

もちろん、事故にあった人は気の毒である。哀悼の意を表したい。とくに身近な人たちにとっては、辛いことだろう。しかし、日本人以外にも犠牲者がいることを忘れるべきではないと思う。日本人だけが悲しいわけではない、ということも考えておくべきだと思う。

飛行機事故の場合は個人的なことだが、ぼくは、そういう報道を見ると、すぐ戦争犠牲者の祀り方と同じパターンであることを感じてしまう。

第二次大戦中、日本軍は、アジアの広い範囲に侵攻していった。そして、自らもおびただしい戦死者をだし、最後には敗戦した。そのため、無数の日本の戦死者がそのまま戦地に置き去りにされてきているのである。本国にいる遺族のなかには、夫や息子が戦死したことの通知は受けたが、その遺骨は受けとっていない人がたくさんいる。そのことを考えるだけでも、戦争がいかにむごいものであるかを思い知らされる。戦後、遺族が、異国の野に散乱している白骨化した遺骨を、身元はわからずとも、せめて日本にもちかえり、日本の土に埋葬してやりたいと思ったのは、当然である。日本人がアジアの国々へ行けるようになってから、日本全国の遺族は、遺骨収集団を結成して、夫や息子が眠っていると思われる土地へ行き、遺骨を拾い集めて日本へもちかえっている。その地に慰霊碑を建てて鎮魂祭を行ってきた収集団も多い。今年の八月末の新聞にも、ノモンハン事件の戦死者の遺骨収集団の行動が報じられていた。

シベリア、蒙古、中国から東南アジア全域に、日本の若者たちの白骨がいまでも散乱していることを想像するたびに、ぼくには、彼らを苦しめた挙句、死に追いやった日本の当時の戦争指導者への怒りがわいてくる。そして、二度と戦争をしてはいけないと、改めて思う。

だが、ここで忘れてはいけないのは、日本人よりはるかに多くの人々が、アジア全域で殺されたということである。もう何年も前のことだが、日本の遺骨収集団が中国で慰霊碑を建てて、鎮魂祭をしたとき、その地の中国人たちから、猛烈な非難の声があがったという事件があった。「日本人は、日本の戦死者の慰霊ばかりしているが、日本軍によって殺されたわれわれの死者の慰霊はどうしてくれるんだ」という非難だった。

ぼくはそのころ、このような記事を読んで、ぐさりと胸を突かれたように思った。ぼくたち日本人は、日本のことばかり考えているんじゃないか。とても内向きに物事を考えているんじゃないか。ぼくら日本人は日本人の死が悲しい。しかし、同じように、その土地の人にとっては、同胞の死が悲しいんだということを忘れてはいけない、と思った。死者となってしまったからには、敵味方なく、すべての死者の霊を祀り、鎮魂すべきなのではないか。

いわんや、その土地の人々にしてみれば、日本軍は侵攻者であり、日本軍さえ来なければ、自分たちは平和に暮らせたはずなのに、という思いがあるだろう。そこへもってきて、日本の死者のみの慰霊碑を自分たちの土地に建てられたら、また侮辱されたと思うのも無理はないことである。

このような思いが、中国の人々のなかに生きている限り、彼らはぼくら日本人に対して、心から信頼し、親しくなることはできないのではなかろうか。そのことを、韓国の元駐日大使で、外務大臣もつとめた孔魯明《コン・ノミョン》氏が朝日新聞「世界の窓」（二〇〇四年八月十八日）で指摘している。「過去の侵略に対する日本の道徳的反省が十分でないという認識が広く中国国民のなかにある限り、長く尾を引くことと思われる。韓国の国民のなかにも、中国と同じ思いをする人が多い」。日本人の強い内向き姿勢は、「大リーグ情報」の場合のような笑い話ではすまない問題なのだと思う。

内向き姿勢は、マスメディアだけの問題ではない。ぼくら個人の生活のなかにも、しばしば顔をだしている。

子どもの運動会では、父親が最新鋭のカメラで、自分の子どもの走る姿とか、体操する姿を、熱心に撮影している。もちろん微笑ましい風景である。しかし、カメラを覗いて自分の子どもだけを写していて、競技の全体は楽しんでいない。関心は自分の子どもにだけ向けられている。内向きの極致。「大リーグ情報」とまったく同じである。この光景は、運動会ばかりでなく、いろいろな場面で見られる光景である。

スポーツでいえば、オリンピックの中継でも、日本選手ばかりが画面に出てきた。競技だからほかの選手との関係が問題なのだが、日本選手ばかりクローズアップされていると、ほかの選手との比較ができない。点数として結果を知るだけで、自分の目で、体の動きの違いとか、フォームの違いを楽しむことはできないで終わってしまう。

オリンピック期間の前半、ぼくはたまたまドイツ、チェコ、ハンガリーにいたのだが、どこの国でもお国贔屓で、自国選手を優先する傾向はあった。だが、帰国後、後半を見ていると、どうも日本のテレビの日本優先主義は、あの三国より強いように感じた。ひとつの理由としては、ヨーロッパの場合、国が互いに国境を接していて、どうしてもヨーロッパ諸国のことを気にせざるを得ないのかもしれない。どこにいても、よその国のテレビが自然に入ってきてしまう。ということは、EU（ヨーロッパ連合）が広がってきたいまでは、よほど排外的でない限り、内向きだけではやっていけないようになってきたのだと思う。

この点、日本は気をつけなければならないと思う。日本では、ふつうの家庭でテレビをつけても、韓国、中国のテレビは入ってこない。海外情報の時間は、前よりは増えてきたが、それでもごく短い時間だし、そもそも、NHKなどによって編集されたものである。内向きの編集をされていれば、視聴者はなかなか内向きを克服できないのは当然である。

中国の西安で、日本人学生が寮で裸踊りをして、中国人から「侮辱的だ」と猛反発をくった事件はまだ記憶に新しいだろう。事件後、日本人学生たちは、「侮辱する気持ちはまったくなかった。ただ笑ってもらえればいいと思ってやっただけだ」と日本人記者に述べたと報じられた。

「ただ笑ってもらえばいいと思って」裸で踊るという学生のレベルの低さに呆れるが、これは、現在の日本の多くの大学で、学園祭などに見られるレベルの低さなのである。ぼくがこのくだらない事件をここでとりあげる理由は、この日本人学生たちの内向き性がはっきり出ているからである。自分たちは普段この程度のことで、アハハ、アハハと腑抜けに笑って暮らしている。それが学生の普通の人生だと思っている。自分たちの狭い世界しか見ていない。それがいかにくだらないことであり、退廃の極みかということに気づいていない。そんなことは、日本であろうと、中国であろうと、まともな人生をやっている人間から見たら、まったく軽蔑に値することだということに気づいていない。内向きの極みなのである。

いわんや、その学生たちは日本軍が中国で何をしたか知らなかっただろうし、中国人が日本に対してどういう感情をもっているかを考えるなんてことは、まったくなかっただろう。その結果、中国の人たちを侮辱し、激怒させたのである。日本人は、この内向き性を早く克服しないと、いつまでたっても、隣国からの信頼を得ることはできないだろう。

この内向き性を克服できないでいるのは、裸踊りの学生ばかりではない。日中間のことでは、もうひとつ見逃せないことがある。それはサッカーアジア杯の際、中国の観衆が日本チームに示した敵意についての日本側の反応である。重慶での決勝戦で、日本チームが中国チームを破ったとき、観衆が暴れだして、選手に罵倒を浴びせたり、日の丸を焼いたり、外交官の車を蹴ったりした。

この事件について日本では、中国での愛国教育の結果だとか、貧富の差が広がり民衆の間に生活の不満がたまっていたからだとかの解説が目立った。小泉首相の靖国神社参拝に言及したものもあるが、ほんの一言である。そのことはなるべく大きくとりあげないようにしているように見える。

しかし、上海の華東師範大学客員教授のウ・スグン氏は、朝日新聞の「私の視点」(二〇〇四年八月十四日)でこのことを指摘している。「アジア杯サッカーでの激しい『反日』ブーイングはつい忘れがちな両国間に横たわる亀裂を見せつけた」。上海のある食堂のテレビが、「南京にある旧日本軍の従軍慰安婦施設の撤去をめぐる番組を流していた。その一幕に、靖国参拝をする小泉首相の硬い表情が映しだされると突然、客たちが口々に小泉首相をののしりはじめた。アジア杯での騒動を『反日教育の結果』と批判する永田町は気づいていないようだが、中国大衆の対日感情の悪化は深刻だ。ささいなことが日中関係に打撃を与えかねない」。「参拝にこだわり、反日の火に油を注ぐ姿勢は、指導者として唯我独尊のそしりを免れないだろう」。

ぼくの見るところでも、このときの観衆の怒りの最大の底流は、小泉首相の靖国神社参拝である。

小泉首相は二〇〇一年八月十五日に、首相就任後はじめて参拝した。中国と韓国は、靖国神社には東京裁判で処刑された日本の戦争責任者たちが合祀されているので、首相の参拝は、日本軍国主義のアジア侵略を肯定するものだとして激しく非難した。するとその年の十月に両国を訪問して、「お詫びと哀悼の意」を表し、両国首脳と、これからは「過去にとらわれず未来志向」でやりましょうといって帰国した。

中国と韓国の首脳はこれを「過去を清算する」、つまり「戦争責任者たちへの参拝はやめる」と小泉首相が約束したものと理解した。ところが小泉首相は日本に戻ると、「過去のことはもう問題にしない」という意味だと解説した。そして、次の年からは参拝日を、正月などにずらして参拝を続けている。これが両国から見ると、約束違反になるのである。このため、中国との間では、二国間会談のための首脳往来は、もう三年近く断絶したままである。

このほかにも民衆の怒りを買っている問題はある。韓国と北朝鮮からの労働者強制連行（いまの言葉でいえば拉致。いまだに補償問題をひきずっている）、中国に日本軍が放置した化学兵器による犠牲者など。しかし、なんといっても、最大の、そして根本的問題は、小泉首相による靖国神社参拝である。

小泉首相は、自分の国家主義的考えに基づき、また日本国内で靖国神社復興を唱える人たちの反発を受けないように、参拝を続けている。彼の目は、日本国内しか見ていないのである。世界史とアジア史のなかで、日本軍国主義がやったことがどう評価されているのか、見ようとしない。日本国の平和憲法が、世界史のなかでいかに貴重なものであるのか、考えようとしない。彼は内向きに、国内でいかに人気を維持するかばかり考えている。

ところが、その彼がひとつだけ見ている「外」がある。それはブッシュ大統領のアメリカである。これにはひたすら盲従する。外国の人さえ呆れるほど忠実についていく。極端な内向きと盲従。これは実は表裏一体のことなのではないだろうか。

内向きにばかり考えていると、自分のいる位置を、歴史という時間の縦の流れのなかで確認することができない。そればかりか、自分のまわりにも目が向いていないから、現在の周囲という横の関係のなかで自分の位置を確認することもできない。そうなると不安なので、何か強い一本の命綱にすがらなければならないと思ってしまう。小泉首相にとって、それがブッシュ大統領＝アメリカなのだと思う。

小泉首相はくり返しいう。「日米同盟の強い絆をしっかり守っていくことが、わが国の国益にかなう」と。だがもし本当に同盟者であれば、国連にそむき、うその情報にすがってイラク攻撃を開始しようとしたブッシュに対して、「正気に戻れ」と、背中をどんと叩いて、思いとどまらせるべきだったのである。したがって、同盟ではなく、ほかのことが見えていないために命綱にすがっただけのことである。

「国益にかなう」というのも、逆である。フランス、ドイツ、中国、ロシアという有力国が、アメリカと一線を画して、イラク攻撃を支持しなかったのに、小泉首相はまっさきに支持してしまった。それによって日本は、世界的に、ブッシュ＝アメリカの忠実な下僕と見られるようになった（その一例は、本書十頁に紹介したドイツのジャーナリスト、シェーラー氏の観察である）。これは、まさに「国益を害している」のである。

小泉首相の内向きな考え方と行動が、この大事な時期に、日本の国益を害していることがわかる。先述の、上海のウ・スグン教授の述べるところによると、日本の新聞が最近行ったアンケートでは、今後もっとも関係を強化していくべき国として、中国人が挙げたのは、アメリカ三十一％、ロシア二十四％、ＡＳＥＡＮ（東南アジア連合）二十三％で、日本はなんと四％でしかなかったという。

小泉首相とその率いる政府が、ブッシュ＝アメリカ一辺倒であることによって、日本の国益を害する現実の危険が、もうひとつある。それは全地球測位システム（ＧＰＳ）のアメリカへの全面的依存である。

ＧＰＳとは、衛星を使った測位システムで、航空管制、カーナビゲーション、測量などを可能にしているものである。現代生活の基本的情報システムだが、現在では、完全にアメリカによって支配されている。アメリカはそのシステムの秘密を他国に示さないから、世界中の国は、政治、経済、人命に関わる全情報基盤をアメリカに握られているのである。

欧州連合（ＥＵ）は、アメリカにすべてを握られていることに危機感をもち、一九九八年、アメリカに対して、「欧州も金を出すから、運営に参加させてほしい」と申し入れたが、拒否された。その後、紆余曲折を経て二〇〇三年三月、ＥＵ首脳会議は、欧州独自の測位衛星計画「ガリレオ計画」の推進を決定した。これにはＥＵ諸国以外にも、中国、インド、イスラエルなどが出資、参加を決定している。今年六月、日本も参加を打診されたが、参加の意思を表明しなかった。日本は一九九八年、アメリカと共同歩調をとる「ＧＰＳ合意」を早々と結んでしまっている。アメリカのイラク攻撃を早々と支持したのと同じ姿勢である。

このようなアメリカへの盲従は、広くまわりを見渡す力がないことからくると思う。歴史的に縦に、世界的に横に、状況を冷静に見まわし、分析し、そこから行動の基準を考えだすことができない、ひたすら内向きの姿勢から生まれる盲従なのである。

小泉首相のあまりにも内向きな考え方と、そこから生まれるブッシュ＝アメリカへの一辺倒を明らかにしてきたが、問題は、この内向き性は、ぼくら日本人にとって、非常に根深い性質であるということだ。日本が島国であることが大きく影響していると思うが、とにかく根深いし、非常に広く、いろいろな場面に出てきてしまう。運動会の撮影も、「大リーグ情報」もまったく日常的なことである。それだけに、子どもたちを内向きでなく育てることは、とても難しい。

子どもは、おとなの態度・言動を見て育つ。将来子どもたちがもっと開かれた目をもって、世界の一市民として、隣人からも信頼されて生きていけるようにするには、いま、おとなをやっているわれわれが、日常生活のなかでも、政治情勢についても、縦に横に目を見開いて考え、行動するしかないと思うのである。

靖国参拝は何が問題なのか　（二〇〇五年七月・24号／二〇〇六年四月・27号）

約束を守らない小泉首相

二〇〇五年五月二十三日の各新聞のトップニュースは、中国の呉儀副首相が、午後四時からの小泉首相との正式会談を突然キャンセルして、午後二時半に帰国してしまったということであった。実は、中国の呉儀副首相はその直前に、経団連の会長たちと昼食をともにしながら、日本・中国の友好の重要性を確認しあっている。そして前日には、北京で、自民党の武部幹事長と公明党の冬柴幹事長が胡錦濤国家主席と会談し、日本・中国の友好の推進を確認しあっている。そのとき胡主席は、小泉首相の靖国参拝と、国家主義的な歴史教科書と台湾の三つの問題を、日本政府がきちんと処理するよう要望したということだ。

そういう流れのなかで、呉儀副首相が小泉首相との会談をいわゆる「ドタキャン」したということは、前述の三つの問題に対する小泉首相の姿勢に、中国が強烈な批判をもっていることを行動で示したものであった。そのことは、中国の孔泉報道局長もはっきり表明した。

これに対して、安倍晋三自民党幹事長代理はテレビで、「これは日本国民に対して非礼である」といった。一部の新聞や週刊誌でも、中国になめられているといきり立ち、日本人の間に反中国感情をあおろうとしているようだ。しかし、ここは冷静に、歴史の流れと日本が現在立っている国際的立場を考慮に入れて考えなければならないところだと思う。たしかにこの日のドタキャンだけを見ると非礼だが、中国からすれば、小泉首相が胡主席への約束を守らなかった非礼がまず問題なのだと思う。

小泉首相は二〇〇四年十一月、チリで開かれた国際会議で、一年半ぶりに胡錦濤国家主席と会談をした。そのとき胡主席は、かつて日本が戦争を反省した日本・中国共同声明など三つの文書の順守を提案し、靖国神社参拝の中止を求めた。小泉首相は、「適切に対処する」と答えている。ということは、胡主席から見れば、靖国参拝問題や教科書問題を片づけることを小泉首相が約束したのである。胡主席は小泉首相がそれを何らかの行動で示すことを期待していたと思う。

二〇〇五年四月に入って、北京、上海などで激しい反日デモが起きると、中国政府は、日本が約束を履行してくれるものと期待して、デモを押さえこんだ。その直後、四月二十三日にインドネシアのジャカルタで、小泉首相と胡主席の首脳会談が行われた。席上、胡主席は、小泉首相の約束違反を批判し、日本・中国共同声明を含む三つの文書の順守など、五つの提案で「実際の行動」を求めた。これに対し、小泉首相は「認識を共有できた」と応じた。胡主席は、当然改善されるものと期待しただろう。

ところが、五月十六日の衆議院予算委員会で、小泉首相は、「どのような追悼の仕方がいいかはほかの国が干渉すべきでない。東條英機氏のA級戦犯の話が出るが、『罪を憎んで人を憎まず』は中国の孔子の言葉だ。何ら問題があるとは思っていない」といいきった。そして、今年の参拝時期については、「いつ行くか、適切に判断する」といった。

これは、胡錦濤国家主席から見れば、約束を破って開き直っているのだ。これこそ非礼である。胡主席と中国人たちが、また裏切られたと怒るのは当然だと思う。もし靖国参拝が小泉首相の信念であるならば、去年十一月にチリで胡主席と会談したとき、あるいは四月二十三日にジャカルタで会談したときにいうべきだったのだ。小泉首相は国内では、「話せばわかりあえるはずだ」と、ことあるごとにいっているのだから、自分の論理がアジアに通用する論理であると確信があるならば、そこで議論をするべきであった。彼はそれをしなかったのだ。

被害者がいう言葉のはず

しかも、「罪を憎んで人を憎まず」というのは、被害者が加害者に対していう言葉のはずである。せいぜい譲っても、第三者がいうべき言葉だ。それを加害国の首相が身内の加害者について、被害国の人に向かっていうとは、どういう神経なのだろうか。これは、おそらく中国でも韓国でも、そして日本軍国主義に苦しめられたどの国でも、呆れられていると思う。小泉首相の国語の学力低下は、すさまじいものがある。

そればかりではない。「罪を憎んで人を憎まず」は孔子の言葉ではないことが、一海知義という中国詩の学者によって指摘されている（五月三十一日付朝日新聞朝刊）。

一海氏は、五十数年来、自らの専門の対象として中国古典を読んできたが、この言葉は、信頼できる孔子関係の文献には見当たらないと述べている。彼はまた、日本は千年以上にわたって中国文化の影響を受けてきたので、中国文化に対する敬意があった。しかし日清戦争の前後からは、中国を蔑視する機運が高まってきた。そして、「首相が参拝の方針を曲げぬ背景にも、『中国の意見に耳を傾ける』という行為自体が不快でならないという心理が透けて見える」と指摘している。

ブッシュ政権は日中が仲良くなることを望まない

五月三十日、ブッシュ第一次政権で国務次官をつとめたアーミテージ氏が、久々に日本のテレビに登場した。この人は知日派といわれていて、ブッシュ政権のなかで対日政策形成に大きな役割をになっているそうである。彼はインタビューで、「中国人は小泉首相の靖国神社参拝に文句をつけるべきではないし、小泉首相は靖国参拝をやめるべきではない」とはっきりいっていた。これは小泉首相のせりふとまったく同じである。首相が参拝をやめない背景には、日本国内だけでなく、アメリカの政権のなかに強い支持があることがよくわかった。

アーミテージ氏は、『WEDGE』という雑誌のなかでも、日本が東南アジア連合や東アジア共同体へ傾くことは国益にならない、と強く述べていた。同じことを、ライス国務長官も述べていた。ヨーロッパでは、諸国がヨーロッパ連合（ＥＵ）に結集して、次第にアメリカの独占支配に対抗しうる勢力になってきた。ブッシュ政権は、日本と中国・韓国が仲良くなって、東南アジア連合（ＡＳＥＡＮ）と手を結び、東アジア連合を形成することを、最も警戒している。そういうアメリカにとっては、小泉首相が靖国神社参拝を続けることが、日本と中国・韓国が仲良くならないための保証として重要なのである。しかし、小泉首相は、日本がこれからアジアのなかで孤立しアメリカの属国として生きていく道でなく、隣国やアジアの国々から信頼されアジアの一員として生きていく道を、決断すべきなのだ。

靖国神社の成立とその役割

それにしても、靖国参拝問題を考えるとき、そもそも靖国神社とはどういうものなのかを知っていることが、第一条件だと思う。そこで、二〇〇一年十月の九号でもすこし触れたが、その成立と本来の役割をはっきりさせておきたいと思う。

一八七九年（明治十二）年、それまで東京招魂社とよばれていた社を抜本的に改革して、千代田区九段坂上に靖国神社が建てられ、別格官幣社という特別な神社格を与えられた。そこには、一八六八（明治一）年から一年半にわたって戦われた戊辰戦争、それに続く西南戦争以来の官軍の戦死者のみが祀られた。幕府勢力側の戦死者は祀られていない。第二次大戦終結まで、一般の神社が内務省の管轄下にあったのに対し、靖国神社は陸軍省、海軍省、内務省によって管理運営されてきた。祭主には祭典の主催に応じて、陸軍、海軍の武官が任命された。日本陸・海・空軍の最高司令官である天皇の弔祭も、しばしば催された。靖国神社の性格について、平凡社『世界大百科事典』は次のように記している。

「氏子をもたない靖国神社は、国家が戦争による死を〝国家隆昌〟をになったものとして意義づけて、〝靖国の神〟となし、死者によせる遺族の心情を国家に収斂する場であったともいえよう。その意味では、日本の軍国主義と密接な関係をもった神社とみることができる。一方戦死者の遺家族には、肉親が〝靖国の神〟となることによって、〝靖国の家〟という優越感を抱き、誇りとするむきもあった」。

祀られれば神になる

靖国神社のことを考えるとき、もっとも重要なのは、靖国神社に祀られれば神になる、という思想である。普通の人間はこれ以外の方法で神になることはできない。明治天皇は亡くなってから明治神宮に神として祀られたが、これはまったく特別なことである。ところが、一般庶民でも、靖国神社に祀られれば神になるのである。それは、天皇が現人神《あらひとがみ》であると信じられていた時代では、一般庶民でも靖国神社に祀られれば、天皇と同じ神になることを意味していた。しかも現人神である天皇が、そこへ来て拝んでくれるのである。第二次大戦終結までの日本では、国家はそれほどまでにして、お国のための戦死者とその家族を特別扱いし、その死が賛美されるべきものであると教育してきたのだ。

戦争中、いつもラジオから流れてきた歌に、こんなものがあった。戦死した息子が靖国神社に祀られたので、田舎からやってきた父親の歌う歌である。

「神と祀られ、もったいなさに、せがれ、来たぞえ、九段坂」。

靖国神社は、「天皇が参拝する神社に神と祀られるなんて、もったいないことだ。だから、息子の死は報いられたのだ」と国民に思いこませる装置だったのだ。突きつめていえば、靖国神社は、日本の軍国主義を支える毛細根を日本中にはりめぐらせた、その中心であった。

ぼくの父の弟も戦死して、靖国神社に祀られている。肉親の死は誰にとっても悲しい出来事だ。しかもその死が、本人の意思に反して戦争に連れて行かれた上での死であれば、なおのことである。しかし戦争に負けるまでの日本では、その死は、天皇のための死であり、天皇制という国体を守るために命を捧げたのだから、忠義なことなのであるとしか考えることを許されなかった。そう信じさせるために、あの荘厳な、大規模な神社が作られたのだ。

日本軍＝皇軍の残虐な行為によって多数の人が殺され、強姦され、家を焼かれた中国・韓国、そして東南アジアの人々から見れば、そういう残虐なことをした日本軍人のみが祀られている靖国神社は、日本軍国主義を具現化した神社に見えるのである。しかも、A級戦犯として処刑された七人が合祀されているので、そこに小泉首相が参拝することをやめてくれと、胡錦濤国家主席等は求めているのだ。「そこに祀られたら神になる」。この思想は現在でも生きている。だから、靖国神社は相変わらず〝神社〟なのだし、小泉首相は正装して参拝し、玉串を捧げるのである。

この思想が生きているから、いま問題になっている戦争のA級戦犯を、靖国神社から他所へ移すことはできないはずである。他所へ移してしまえば、もう神ではなくなるからだ。

では、どういう死者が祀られているかといえば、前述のとおり、戊辰戦争での官軍の戦死者以来、日清・日露戦争でも、日本軍、すなわち皇軍の軍人のみであった。軍属といわれる協力者でさえ、長いこと除外されていた。いわんや民間人は、戦争に協力している間に命を落としても、戦争の巻き添えで命を落としても、靖国神社には祀られない。本土の空襲で亡くなった人たちは、もちろん祀られない。

そうすると、小泉首相がひとつ覚えのようにくり返す言葉は、間違っていることがすぐわかる。彼はいつもこういうのだ、「心ならずも、戦争で命を落とした人の霊を慰めに行くのが、なぜ悪いのか」と。しかし日本の民間人もみな、心ならずも命を落としたのである。日本ばかりか、戦争で心ならずも命を落とした人は、中国にも、韓国にも、東南アジアの国々にもたくさんいる。その犠牲者たちは祀られていない。それなのになぜ靖国神社にばかりこだわるのだろうか。

東京裁判を認めたくない

ひとつの大きな理由は、ほかならぬ、A級戦犯とよばれる戦争責任者たちが祀られているからだと思う。A級戦犯というのは、東京裁判で判定されたひとつの価値観である。それを認めたくない。ということは、そもそも東京裁判は戦勝国が一方的に強行したものであり、合法性はないといいたいのであろう。しかしいまの時点で首相がいうとあまりに強すぎるので、小泉首相は口でいわず、ひたすら参拝という行為で意思を表明しているのだと思う。しかし、彼の周辺の政治家たちが、あちこちでいいはじめている。

最近では、厚生労働政務官という肩書きで政府の一員である森岡正宏自民党代議士が、「極東国際軍事裁判は、平和や人道に対する罪を勝手に占領軍が作った一方的な裁判だ。日本国内ではその人たちはもう罪人ではない」と、自民党代議士会で述べた。これは平和国家として再出発した日本国の根底をゆるがす考え方である。

日本は東京裁判の結果を受諾することで、戦争責任の問題を決着させることを世界に宣言したのである。サンフランシスコ講和条約はそのことを第十一条で確認して、日本をふたたび国際社会へと受け入れたのであった。いま、その東京裁判を不当だったと唱えることは、サンフランシスコ講和条約への違反であり、もし本当にそれを主張するなら、世界を相手に、第二次大戦の責任問題をもう一度やり直さなければならない。世界は、そんな日本をどう見るだろうか。良識のない、幼稚な、しかも危険な国と見て相手にしなくなるだろう。国際社会から完全に閉めだされる。こんな発言をする政治家たちは、自分の発言が、日本の国益をひどく害していることに気づくべきである。

小泉首相は、今回の森岡政務官の発言について、記者団から意見を求められると、「いまそんな発言をとりあげても、しょうがないんじゃないですか」と答えたそうだ。個人の発言だから、問題にしないという姿勢である。いまの時点では個人の発言としておいて、そういう発言をいろいろな人にさせて、いつのまにか、世の中の「常識」にせりあげてしまう。このやり方は、政府がいままでたびたびとってきた世論操作方法だ。教育基本法と憲法の改定問題についても、この手法を使った。私たち国民のほうで、賢く、それを見破らなければならない。

靖国神社とA級戦犯遺族が日本の命運を決していいのか

最近になって、日本遺族会会長の古賀元自民党幹事長が、個人的見解とことわりながらも、首相の靖国参拝は慎重であるべきだと発言し、中曽根元首相も同じ考えを表明した。ところが、靖国神社は、首相は参拝すべきであるとし、いったん合祀したものは二度と分祀できない、中立的追悼施設には反対であるとの声明を出した。また、日本を太平洋戦争へと駆り立てたA級戦犯である東條英機元首相の孫という女性は、A級戦犯を他所へ分祀することは認められないと主張している。

もし、靖国神社とA級戦犯の孫の意見が重んじられるとしたら、日本の将来の命運がこの二者に握られることになる。そうなったら、近代国家とはいえない。神社の決定に国は口が出せないと政治家たちはいうが、もしそうなると、まさに宗教が国を支配することになり、これこそ政教分離原則の逆になってしまうのだ。小泉首相をはじめ政治家たちは、この問題に正面から答えるべきである。

戦争責任者が靖国神社に神として祀られた経緯

敗戦までは、祭神の決定は陸軍省と海軍省が行っていたが、一九四六（昭和二十一）年に国家神道は否定されて、靖国神社は一宗教法人になった。以後は、厚生省が戦争による公務死と認定した人を、靖国神社が合祀することになる。一九五二（昭和二十七）年の平和条約締結以後は、戦争裁判により処刑された人も戦没者と認められ、遺族に対して、一般戦没者と同様に弔慰金と遺族年金が支払われるようになった。一九五九（昭和三十四）年には、B・C級戦争裁判の処刑者がはじめて靖国神社に合祀された。一九六六（昭和四十一）年、A級戦犯の祭神名票が引揚援護局から靖国神社に送られ、神社の崇敬者総代会はその合祀を了承した。しかし当時、国会で「靖国神社法案」が審議されていたので、神社は合祀を先延ばしし、十二年後の一九七八（昭和五十三）年、正式発表をしないままA級戦犯を、「昭和殉難者」の一員として靖国神社に合祀したのであった。

殉難者という言葉は、現在の靖国神社が堂々と書いている言葉である。それは、昭和の時代に思わぬ災難に襲われて亡くなった人という意味だ。空襲で亡くなった民間人とか沖縄戦で亡くなった方々はまさに殉難者だろう。しかし戦争を指導した人たちは、決して殉難者ではないはずだ。

そしていま、小泉首相や麻生外相は、なにもかにも一緒くたにした、この殉難者というくくり方で、

「心ならずも戦争で命を落とした方々」といっているのである。

言葉によってことの本質をあいまいにしてしまうやり方、このやり方は日本の政府やマスコミがずっと使ってきた手法である。この手法で、戦争中には、退却を転戦といいかえた。全滅を玉砕といいかえた。一九四五年の敗戦は、ポツダム宣言を受諾した無条件降伏、つまり完全な敗戦だったのに、日本政府もマスメディアも〝終戦〟といいかえた。まるで戦争がいつのまにか自然に終わったように見せかけたのである。それ以来今日に至るまで、日本人はすこしも疑わずに終戦という言葉で歴史を受け止めている。敗戦を終戦と受け止めることが当たり前になってしまったために、戦争責任者、つまりA級戦犯の本質がわからなくなってしまっているのである。今日の小泉首相の靖国神社参拝は、実は敗戦を終戦といって事態をごまかしてきたおかげで可能になってきたのだ。つまり、あの戦争に対しての責任は誰にもない。死んだ人は皆、英霊として慰められていいのではないか、という考えが抵抗なく国民に受け入れられるように長年、準備してきているのである。そういう準備をしてきた人たちからすれば、長い時間がかかったけれど、いまやっとその成果が現れてきて、首相が靖国神社に参拝しても国内の反対はそんなに強くなく、選挙のときにも勝てる状況が作れたというわけだ。

合祀の仕方についての建前と本音

靖国神社に祀られる死者は、誰によって決められているのかを調べてみた。日本は敗戦によって国家神道を否定し、国家が特定の宗教に肩入れすることを憲法によって禁じた。現在の靖国神社は独立の宗教法人である。ところが、その靖国神社が一般人に配布している「〝A級戦犯〟とは何だ！」という冊子にはこう明記されている。

（前略）「もちろん新たな祭神合祀にあたっての決定権は、昭和二十一年二月二日の『宗教法人令改正』によって一宗教法人となった靖国神社にあるわけですが、神社創建以来『戦時または事変において戦死・戦傷死・戦病死もしくは公務殉職した軍人・軍属およびこれに準ずる者』という合祀の選考基準に変わりはなく、戦争による公務死に該当するか否かは靖国神社当局が勝手に判定し得るところではありませんので、国の認定に従うのは当然の手続きだといえるでしょう」。

つまり、靖国神社への合祀は神社が決めるが、それは「国の認定に従うのは当然の手続きだ」というのである。ここに建前と本音の使い分けがある。日本は、国家神道を否定したので、国家が直接に靖国神社への合祀を決めることはできない。建前としてはそれは靖国神社が決定する。しかし、実際には、「国の認定に従うのは当然だ」というわけだ。小泉首相の靖国神社参拝が問題になると、国立の、宗教抜きの戦没者追悼施設が必要という意見が出てきた。すると、今度は、政府と一部の政治家たちは、「靖国神社は一宗教法人であり、その合祀決定は神社がするのであって、国家は関与できない」と主張している。ここでは、建前論を前面に打ちだしてくるのである。

では、靖国神社側はどうかというと、「神社は、一度合祀した祭神は二度と分祀することはできない」

と主張している。ここでも、建前論を前面に打ちだしているのだ。合祀するときには、国の認定で行いながら（つまり本音で行動しながら）、都合が悪くなると建前で防衛する、この使い分けを、私たち国民は見抜かなければならないし、決して許してはいけないと思う。

しかも、もっと奇々怪々なことが通用しているのである。ぼくが調べたところでは、A級戦犯の合祀を靖国神社から取り下げるという動きがあったのだが、それは、東條英機元総理大臣の息子、東條輝雄氏の反対でつぶされたというのだ。最近でも、東條英機元総理大臣の孫という女性が反対の意思を発表していた。東條英機という陸軍大将は、日本人を率いてあの〝大東亜戦争〟という帝国主義戦争を開始した総理大臣である。その家族が、六十年以上たったいまもまだ、日本という国の命運に影響力を発揮しているということだ。これは、とても近代国家の姿ではない。

小泉首相の靖国神社参拝

二〇〇五年の会談キャンセル以後、中国は日本側の首脳会談呼びかけに対して、一度も応じていない。小泉首相は意地になって、「私人」としての行為だとして参拝をくり返している。

それればかりか、麻生外務大臣は、二〇〇六年一月二十八日、「英霊からすると天皇陛下のために万歳といったのであって、総理大臣万歳といった人はゼロだった。だったら天皇の参拝なんだと思うね、それが一番」と発言した。

これはまったく下劣な発言である。日本軍人が戦死するとき、「天皇陛下、万歳!」と叫んで息を引き取ったというのは、修身の教科書や戦意高揚のための本などでは、いつも使われていた言葉だ。しかし、本当に戦場で息を引き取る兵士たちは、「水!」とうめいたり、「母さん!」といったりしたということは、ひそかに、しかし広く語り継がれてきたことである。表立ってはいえなかった。しかし、「天皇陛下、万歳!」と叫んで息を引き取るなんてことは、誰も信じていなかった。それがいま、外務大臣の口から出てきたと聞いて、ぼくは呆れ果て、下劣な人間だと思った。

ひとりの人間が息を引き取るときの瞬間の言葉を、敗戦後六十年も経ったいま、「天皇陛下、万歳!」だったと思いこんでいるとしたら、なんと人生のことを知らない人間なんだと思う。息を引き取る瞬間になって、教えこまれた建前をいうわけがないではないか。そんなことがわからない人間が日本の外交の責任者なのかと、暗然としてしまった。

だが、「天皇陛下、万歳!」は宣伝に過ぎなかったということを、麻生氏だって耳にしていたはずである。耳にしていながらそんなことをいうのだから、それは明らかに、軍国主義日本がよかったと思っているからである。復活したいと思っているからに違いない。

この発言に対して、中国、韓国が猛反発し、イギリスのBBC放送も「外務大臣が戦争神社への天皇参拝を求めた」と報じた。韓国は「侵略戦争の歴史を正当化し、美化しようとするもので、非常に遺憾」と述べている。天皇を靖国神社と結びつけたことに対して、「越えてはならない一線を越えた」

としている。

この外務大臣発言に対して、小泉首相は、「麻生さん自身の考えだから、とやかくいうことはないと思います」と記者団に述べたそうである。このやり方も、敗戦後、政府がずっと使ってきた手法だ。つまり、いまの時代ではなかなかいいだしにくい問題を、閣僚にいわせるのである。するとマスコミが騒ぎ、首相の意見をただす。首相は決まって、「それは彼の個人的意見だから、とやかくいう必要はないんじゃないですか」と答える。

ところが、何年か経つと、その個人的意見だったはずのことが、政府の検討事項になり、検討のための有識者会議が開かれ、案がまとめられ、諮問案のような形で正式ルートに乗せられていくのである。麻生外務大臣の天皇参拝発言は、そういうパイロット発言だったと思う。今後、私たちは注目していかなければならない。

シンガポール上級相「日本は外交的に孤立している」

小泉首相が、「日本国内で参拝することを外国からとやかくいわれる筋合いはない」との一点張りでいる間に、中国と韓国は東南アジア連合との結びつきをどんどん強めている。小泉首相は、ブッシュ大統領に気に入られていれば安全だと考えているようだが、日本はいまやアジアのなかの実務的会議にさえ招かれないでいる。

小泉首相は、二月七日の衆議院予算委員会で、「私が靖国参拝しなければ首脳会談に応じるというほうがむしろ異常だ。外国の首脳が行くなとか、この大臣ならいいがあの大臣はだめだとか、そんなことをいっている首脳は（中国や韓国の）ほかにどこにもいない」と述べたそうである（二〇〇六年二月八日付朝日新聞）。これは、小泉首相が日本人に、中国と韓国への不信感、嫌悪感を植えつけようとしている一連の流れのひとつだと思う。彼がこんな感情的なことを国会でいっている間に、アジアでは、中国以外の国からも、靖国神社参拝への強い批判が出ているのである。

シンガポールの前首相だったゴー・チョクトン上級相は、二月六日、アジア太平洋円卓会議で基調講演をし、靖国神社に関して、「日本の指導者たちは参拝を断念し、戦犯以外の戦死者を悼む別の方法を考えるべきだ」といって、参拝の中止を強く求めた。そして、「この件に関して日本は外交的に孤立している」と指摘したのである。

私たちは日本国内で生活しているので、外国人の目に日本がどう映っているのか、ほとんど知らない。しかし、アジア太平洋円卓会議という国際的な、大きな会議の基調演説でこのように指摘されているということは、日本の孤立がアジアで強く認識されていることをうかがわせる。小泉首相が感情的なことをいっている間に、日本の「国益」はどんどん失われているのである。

靖国神社参拝を批判されることへの小泉首相の反論には、微妙な変化があると思う。首相として参拝しはじめたころの反論は、「二度と戦争を起こさないということを、国のために命をささげた英霊に対して誓ってきたのです」というものであった。このころは、平和の誓いと英霊への敬意という一般論で、きれいごとで済ませようとしている。

ところが、日本国内の批判と海外からの批判が収まらないと見ると、「心ならずも戦争で命を落とされた方々の慰霊のために参拝してきた」といって、より一般化して世論の支持を得ようとした。しかしこれもまったく説得力はなかった。

つぎに小泉首相が考えたのは、「中国や韓国が反対するからやめるというのは、おかしいことだ」という言い方であった。ここでは、中国と韓国がなぜ批判するのかという本質論は消されている。靖国神社参拝がなぜ問題なのかという、問題の焦点が消されている。

この発言には、小泉首相が日本人に、中国と韓国への敵愾心、嫌悪感を植えつけようとしていると、ぼくは感じている。なぜそんなことをするかといえば、いずれは「中国などに負けない軍事力をもつことが大切なのだ」と日本国民に思いこませるためだと思う。敵が近くにいるから、十分な軍備をもたなければいけないと日本国民全体が思うように仕向ける、その準備だと思う。つまり、防衛庁を防衛省に格上げし、軍備を強化し、軍隊を堂々と海外に派遣するための準備である。

アメリカのブッシュ政権は、日本が中国と仲良くなり、アジア諸国と仲良くなって、欧州連合（EU）のようなアジア連合を作ることをもっとも恐れている。だから、日本と中国の間に政治的な深い溝があることが望ましいのだ。靖国神社はその最良の溝である。

小泉首相は、ブッシュ大統領がアジア連合を好んでいないのを知っているから、彼のお気に入りであり続けるために、靖国神社参拝を続けているのであろう。長い将来のことを考えたら、これは日本にとって、大きな、大きなマイナスになると思う。ブッシュ政権の忠犬であるよりも、アジアの近隣諸国との信頼関係を固め、アジアの一員として仲良くやっていくほうが、日本にとってははるかに重要なのである。

明治以降、近代国家として歩きだした日本がつまずいたのは、いつもアジア諸国との関係であった。特に昭和に入り、日本は、国力を充実させるに従って、アジアとの関係を正しく築くどころか、アジア諸国への侵略をはじめてしまったのだ。この過ちを二度と犯してはならないはずである。

言葉の魔力・マスコミの魔力（二〇〇七年四月・31号）

テレビの娯楽番組で、納豆が健康にいいと流したら、店の納豆がどこもかしこもなくなったという、うそのようなほんとの話があった。そのことが報道されると、あらゆるマスコミが報道しはじめ、日本中、納豆健康法で盛り上がった。納豆屋さんが気をよくして大増産したら、そのうちにあれはうそだったというニュースが流れ、とたんに納豆は売れなくなり、その納豆屋さんは倒産したという話まであった。

すると今度は、その番組がインチキだということになり、あらゆるマスコミが追及をはじめた。製作会社は謝り、政府は、番組の規制ができるように法律を整えなければならない、といいだし、言論統制の危険まででてきた。

まったくおかしな話である。いくつかの点でおかしいと思うので、順にあげてみる。

娯楽番組はそもそも信じられないもの

娯楽番組がうそを報じたというが、人々は、娯楽番組が健康についての本当の大発見を発表するとでも思っていたのであろうか。娯楽番組にとっての生命線は視聴率である。それを上げるためなら何でもするだろう。報道番組でさえ、政府・与党に都合の悪いことは報じないのだから、娯楽番組のうそは当たり前と思っていなければならない。

では、人々はなぜ信じたのであろうか。テレビで放映されたからである。ここが恐ろしいところだ。「テレビで放映したのだからほんとのはずだ」。これが現代日本の最大の病気だと思う。

賞味期限、消費期限の怪

不二家が洋生菓子の消費期限を延ばしていたことが明るみに出て、あらゆるマスコミが大騒ぎした。そもそもこの期限は生産企業が独自に決めるものである。①食品の粘りや濁りなどを測る理化学試験、②細菌数を測る微生物試験、③見た目や味をみる官能検査。これらの試験と検査の上で、安全でおいしく食べられる「可食期間」を出し、この日数に企業が考える「安全率」を掛けて期限とするのだ。専門家は「細菌数がふえていくより、風味が悪くなるほうが早い場合が多いので、官能検査で出た日数の六割から八割の日数を消費期限とすることが普通」といっている。

要は、企業が製品を早く売りたければ、消費期限を早めに書いておけばいいということになる。だから私たち消費者は、消費期限と賞味期限に、あまりこだわらなくていいと思うのだ。不二家のことがあらゆるマスコミで連日報じられたので、期限を大変気にする人が多くなって、期限を一日でも越えた食品はどんどん捨てられたということである。もったいない！　これも、マスコミによる教育の結果だと思う。

すこし前までは、人はそれぞれ、自分の目と舌と鼻で、食べ物が安全かどうか確かめていた。動物と同じ行為をしていたのである。それは、生きていくための基本的な自衛行為だ。それが、消費期限、賞味期限なるものが信仰されて、しかも強制されて、人は、自分の目、舌、鼻を使うことをやめようとしているのである。自分を守る力を捨てようとしているに等しいと思う。どこかの国へ行って、期限の書いてない食品に出会ったときはどうするのだろうか。ぼくは、マスコミに支配されて自分の目や舌や鼻を捨てないでください、といいたい。

トーク番組の怪しさ

テレビには娯楽番組以外にもすれすれの怪しいものがある。トーク番組と呼ばれているものである。評論家、専門家と呼ばれる人たちが並んで、いろいろな問題について、まじめに、あるときは面白おかしく、議論する。勝手に持論を述べ合っているみたいだが、全体として、いま、政府・与党が推し進めようとしている政策を視聴者に納得させる方向に進んでいくのである。

例えば、現在の教育の状況についての議論では、現場からのまじめな意見をすこしいわせておいて、全体としては、現在の教育はだめだから、再生しなければならないという雰囲気で終わらせる。そうやって、政府・与党の推し進めている教育再生会議はいいことなのだという漠然とした思いを視聴者に与えている。

健康に特効薬・即効薬はないはず

人間の健康に、これが特効薬なんてないはずである。人間の健康は何かひとつのもので獲得できるものではないだろう。いろいろなものを食べ、体を適当に動かし、日常の心がけで総合的に獲得できるものだと思う。

業界ではテレビでとりあげると必ずあたるといわれているものがいくつかあるそうである。「この商品を愛用すれば血がさらさらになる」「ダイエット効果がある」「美容にいい」はその代表的なものだそうだ。健康をテーマにした番組で、「血がさらさら」という商品あるいは食品を紹介すると、たちまちそれが売れるといわれている。

「これを飲めばこういう効果がある」という即効性が現代の日本人には受けるのであろう。しかも、それがテレビで流されたら、日本人はいちころである。

自動販売機では、決められた金額を入れたら、必ず希望の商品が自動的に出てくる。テレビも、決められたスイッチを入れれば希望の番組があらわれる。起動と結果がすべて直結していて、しかも即座に実現する。それは便利なことなのだが、健康維持とか、子どもの教育についても、起動と結果が即座に直結しなければならないと思いこんでいる節がないだろうか。それは危険なことだと思う。

教育にも、特効薬・即効薬はない

教育についても同じである。これをやれば教育効果があがるという特効薬はないのだ。教えた結果がすぐに現われるものでもない。教師と生徒、生徒同士、親と子どもなど、いろいろな関係のなかで、学んだり、忘れたり、また学んだり、失敗したり、次にうまくいったり、という種々雑多な行為のなかで、子どもは成長していくものである。それには時間がかかるのは当たり前のことだ。起動と結果は直結していない。

納豆が健康にいいとなると、納豆売り場に殺到するという考え方は異常である。しかも教育のなかにその異常な考え方がしみこんできているのは、とても危険なことである。

納豆現象は、言葉がもつ暗示力の強さをまざまざと見せつけた。そして、言葉がマスコミに乗ると、大多数の人々をなぎ倒すことも実証してみせた。そう考えると、これは納豆だけの問題ではなくて、この国の将来に関わる大きな問題であることがはっきりした。

言葉の魔力

小泉前首相は歯切れのいいしゃべり方で、「改革なくして成長なし」とまくし立てた。それまでの日本は役人天国で、人々は国営とか国家の規制にうんざりしていたので、勇ましく改革といわれて、なんとなく世の中がよくなりそうな気がしてしまった。郵政民営化も同じ感じで好感をもって支持したのだろう。いろいろな面で規制緩和、民営化が叫ばれた。学校間の競争まで主張されはじめた。マスコミは、それがいいことだという論調を流し続けた。

ところが、その中身は、冷たい資本主義による競争社会を作ることだったのである。気がついてみたら、はげしい格差社会になっていた。生活保護の母子特別手当は三年間で廃止されることになり、老人医療はなおざりにされ、超過勤務手当まで廃止されそうである。図書館でさえ、指定管理者制度というわけのわからない名前の制度によって、はげしいもうけ主義、効率競争主義にさらされることになってしまった。これは将来の日本の市民文化に、深刻なダメージを与えることになるであろう。

マスコミの魔力

教育基本法の改悪にも、言葉の魔力、マスコミの魔力は存分に活用された。小泉内閣の終わりころから、いじめ問題と必修科目を省略した問題が、あらゆるマスコミにとりあげられるようになった。急にいじめが増えた感じを世間に与え、学校は何をしているんだ、教育委員会は何をしているんだという雰囲気になった。マスコミが作った雰囲気である。いじめは、マスコミが報じないでいた時期にもあった。必修科目省略の事実は、何年も前から教育委員会は当然知っていたのである。このふたつの問題があの時期に急にマスコミにとりあげられ、連日、全マスコミが大きく報道したのは、教育基本法を改定するための環境作りだったことは明らかだ。

つまり、いまの教育はこんなに問題があるんだ、教育委員会はこんなにだめなんだ、だから教育基本法を改定しなければならない、という政府・与党の戦略に、マスコミが完全に手を貸してしまったのである。日本人はテレビ報道ならなんでも信じこむことを、政府・与党は知っているから、マスコミ、特にテレビを目一杯活用した（ヒトラーが政権を奪取したときもラジオを使った同じやり方だった）。その結果、教育の憲法である教育基本法を難なく改悪できたのである。ジャーナリズムというものは、本来ならば、国の権力行使に常に監視の目を光らせ、批判するのが役割だ。ところが、現在のマスコミは、ほとんどのテレビ番組、新聞が批判をやめてしまっている。わずかに、いわゆる地方紙のなかに、批判精神を守っている新聞があると思う。東京新聞をはじめ、いくつかの地方紙の社説や署名入り記事に批判精神を感じて、まだこういうジャーナリストがいるのだと思い、すこし勇気づけられることがある。しかし大マスコミの批判力はほとんどなくなったと思っておいたほうがいいと思う。

拉致報道についてのマスコミの魔力

北朝鮮による日本人拉致事件についても、同じ問題がある。拉致はまったく非人道的行為であり、許すことはできない。しかし、日本は、戦争中、朝鮮半島で、万単位の朝鮮人を「強制連行」してきて、北海道、樺太、東北、九州などの炭坑で、非人道的強制労働をさせたのである。いまでいう「拉致」だ。たくさんの人が悲惨な死に方をした。樺太で働かされていた人たちは、敗戦後、現地に置いてきぼりにされた。帰国できないまま、樺太で死んだ人がたくさんいたのである。日本国内の炭坑で働かされた人たちは、補償を求めて何度も提訴してきたが、常に裁判所に門前払いされた。

安倍首相は、北朝鮮による日本人拉致問題で人気を取り、総理大臣になったのだが、その逆の、日本人による北朝鮮人拉致については、まったくのほっ被りである。全マスコミがそれを支持して、日本人による朝鮮人拉致の問題には触れない。訴訟についてさえ、いくつかの新聞が、ごく小さく、なるべく目立たないように書くだけである。

日本の軍備をもっと強力にしたい政府・与党にとっては、国民が外敵をもって、それに対して敵愾心をもち、脅威を感じ、警戒心を強め、やっぱり強い軍備をもたなければいけないと思うように仕向けることが大事なのである。昭和の初期には、国民が、まんまとその気にさせられて、戦争へと突っこんでいったのだ。あのときにも、すべての新聞が政府に協力して、国民をそっちの方向に駆り立てたのであった。

北朝鮮による日本人拉致問題については、いま、ほとんど全国民が、安倍首相の戦略と、それを支持して盛大に報道しているマスコミの思うがままに操られているのではないだろうか。恐ろしいのは、誰もそれを疑わずに、みんなで、「そうだ、そうだ」となってしまうことである。そうなってしまうと、「日本だって同じことをしたんだぜ、その償いをしなくていいのかよ」といって、問題を相対化する人間を、「非国民」呼ばわりすることになっていく。

隣からはじまる監視社会

では、誰がその人を「非国民」呼ばわりしはじめるかといえば、それは近所の、身近な人なのである。ぼくは、戦争中に少年時代を過ごしたので、そういうことは日常的に見聞きした。みんなでひそひそと、「あの人、こんなこといってたのよ」といって、次第にその人を村八分にし、しまいには警察の耳に入って、その人は警告されたり、取り調べられたりしたのだ。

いま、日本で、北朝鮮による日本人拉致について、「日本もしたんだ。日本も償いをするべきだ」と主張したら、どうだろうか。たちまち「非国民」のレッテルを貼られる直前の状態になるのではないだろうか。いまや日本では、マスコミの教育が行き届いていて、マスコミと異なることをいう人は、白い目で見られる状態に近づきつつあると思う。

「国旗・国歌法」が既にあり、教育基本法が改悪された日本では、憲法が思想・信条の自由を保障しているにもかかわらず、これから、いろいろな場面で国旗掲揚や国歌斉唱が要求されるだろう。「国を愛する態度」の表明も求められるであろう。それは絶対に拒否しなければならない。いったんそういう風潮が生まれてしまうと、マスコミがあおりはじめるであろう。そうなると、テレビがいってるんだから、という心理で、日本中がそうなり、それを批判する力が急速に萎えてしまうからである。

権力側は、日本人はマスコミに弱いことをもう十分確認してある。私たちは、怪しげな言葉の魔力にだまされないこと、マスコミの巧妙な誘導作戦に乗らないこと、目潰し作戦を見破ることが大切だと思うのだ。

何といっても選挙が大事

いま、わざわざマスコミの魔力を指摘するのは、この夏の参議院議員選挙が近づくにつれて、そして東京では都知事選が近づくにつれて、権力側についたほうが得だと思っているマスコミが、権力側の戦略に沿った記事をつぎつぎに載せるし、放映すると思うからである。だがそれに乗せられない、しっかりした目で、ことを判断してもらいたいと願う。民主主義は、結局は選挙で決まるのだから、選挙の一票が大切なのである。

よく人は、危機は感じるけれど、何をしたらいいのかわからない。何もできないという。そんなことはない。選挙のとき、自分の一票を、いまの政府・与党を批判する人、批判する政党に入れることはできるはずである。そしてもうひとつできることは、自分の友だちのなかに、ひとりでも、そういう人を増やすことだ。子どもの将来を明るいものにするのか、暗いものにするのか、それは、いま、おとなをやっている私たちにかかっていることを忘れないようにしよう。

北京オリンピックの狂騒の陰で　（二〇〇八年十月・37号）

あまりに政治的に利用されたオリンピック

北京オリンピックが終わった。オリンピックを主催国や参加国が、国の宣伝、国威宣揚のために利用するのは常だが、今回の北京オリンピックは、一九三六年のベルリンオリンピックと並ぶ、過激な国威宣揚の場となった。

いわゆる〝聖火〟オリンピックを世界中引きまわす必要などまったくない。しかも一方では、チベット民族やウイグル民族が独自文化の保存を求めて、市民の自由を求めて、あるいはもっと強く、民族の独立を求めて、血を流して戦っているのに、国際オリンピック委員会は我関せずだった。そこでの大義名分は、「スポーツと政治は別だ」というものだった。しかし、今度の北京オリンピックは、誰の目にも、政治に利用され、大資本による商業主義によって成り立ったスポーツ大会であることは明らかだった。

日本のマスメディアの報道の仕方に問題がある

あれだけ露骨に政治利用され、商業主義に引きまわされた北京オリンピックだったのに、日本の大手マスメディアは、その問題には目をつむるか、ここぞとばかりに中国への誹謗中傷にはしった。目をつむった代表格はＮＨＫだった。開会式から閉会式まで、何の批判もせず、ただただ「スポーツと政治は別だ」の精神を前面に押しだして、華やかに場面場面を流し続けた。ＮＨＫはもはやジャーナリズムではないことが、強く印象づけられた。

ほかの大手新聞、テレビも、中国の人たちの過剰な興奮や、当局の過剰な統制などを槍玉にあげ、中国への誹謗を書き立てていた。しかし、一番大きな問題であるチベット民族とウイグル民族の異議申し立て行動と、それに対する中国当局のすさまじい弾圧についてはほとんど黙殺していた。報道したのは一部の地方紙だけだった。

例えば東京新聞は、北京を拠点にチベット暴動の経緯を記録しているチベット人作家の生々しい証言を報告している（八月十七日）。

「主な収監場所はラサ駅にある倉庫の中。友人の一人は四肢を針金で縛られて一ヶ月間もつるされ、拷問を受けた。水ももらえず、最後は自分の尿を飲んで命をつないだ。こん棒やワイヤ、電気棒など、拷問に使う刑具は自分で選ばせ、どれを最も痛がるかを楽しむ。トイレに行く時は後ろ手に縛られ、汚物が散乱する床に顔がつくほどに近づけて、排便させられる。徹底的に人間を侮辱し、おとしめ、もてあそぶやり方だ。耐えかねて自殺したり気が狂ってしまった人も多い」。

あの豪華な開会式、そして競技会、閉会式の裏で、こういう残虐な、非人道的な行為がまかり通っていたということを、あらゆるマスメディアはもっと本格的に報道する責任があると思うのである。わたしたち一般市民は、そういうマスメディアの偏向に対して、常に批判の目を向けていなければならないと思う。

「新テロ対策特別措置法」

華やかなオリンピック報道は、日本国内のいろいろな重要問題についても、一般市民の目をそらす働きをしていった。

アメリカに加担している諸国の軍艦に、インド洋で、無償で給油することを認めている「テロ対策特別措置法」は来年一月に期限切れになる。政府・自民党はあくまでブッシュのアメリカに忠実であろうとして、「新テロ対策特別措置法」を国会で成立させると意気込んでいる。公明党は、選挙対策上マイナスに働くと考えて、いまのところ反対姿勢を崩していない。そして、九月一日に福田首相が突然辞任を発表したので、政府・与党の政治家たちのレベルではもめるだろう。しかし新内閣が動きはじめたら、すぐにこの新法が国会に提出されるだろう。その議論がはじまったときに、わたしたちはそれをどう考え、評価するのか、いまから勉強しておく必要があると思うのである。

いわゆる「国民投票法」

一年前には、安倍首相が突然政権を投げだした。一年間に二度も首相が突然政権を投げだすということは、無責任極まることである。個々の首相の力量がないことは明らかだが、それ以前に、自民党という政党の力量がなくなってきているのだと思う。戦後六十年間、ほとんど一貫して政権を独占してきた自民党が、いよいよ末期的症状を呈しはじめたのだと思う。

しかし、それでも安倍内閣は、あっという間に「教育基本法」を壊して、国家主義的な新法にしてしまった。そしてもうひとつ、平和憲法を壊すための準備として、いわゆる「国民投票法」を成立させてしまったのである。

安倍首相が政権を投げだして以来、なんとなく、憲法改定論議は弱くなったような感じを世間に与えている。そこが危ないところである。

なぜなら、「国民投票法」がもう成立してしまっているから、国会は二〇一〇年になると、国会内に「憲法調査会」を設けることができるのである。そのとき、自民党がもっている「憲法試案」が「改正憲法」として成立してしまう危険があるのだ。民主党の憲法試案も発表されているが、ぼくから見れば、自民党の試案とあまり変わりはない。

オリンピックの華やかな報道に目を奪われているうちにも、平和憲法が改悪される危険は、刻々と迫ってきているのである。平和憲法改悪論者の間では、着々と準備が進められている。「新憲法制定議員同盟」なるものが最近結成された。自民党、公明党の議員が多いのだが、その顧問には民主党の鳩山由紀夫、国民新党の亀井静香が名を連ねている。そして副会長は民主党代表を務めたことのある前原誠司である。この「議員同盟」のことは新聞ではほとんど報道されなかったが、二〇一〇年になって「憲法調査会」が設けられるときには、これらの顔ぶれが動きだすことであろう。そのときには、民主党は護憲勢力ではないことがはっきりしてしまうのではないかと、恐れる。

私たち市民は、憲法九条を高らかに掲げるのはどの党なのか、いまから勉強して、確かめておかなければならない。

「海外派兵恒久法」

これもオリンピックの狂騒の陰ですっかり忘れられているが、政府・与党が是が非でも成立させたい新法である。政府・与党は、ブッシュのイラク攻撃への協力として、インド洋で、アメリカに協力する各国の艦艇に燃料を無償で補給している。それの根拠としたのが「テロ対策特別措置法」であった。ところがこの措置法が期限切れになり、海上自衛隊は艦艇をいったん日本に引き上げざるを得なかった。

政府・与党はこれに懲りて、いちいち国会の承認を得なくても自衛隊を海外に派遣できるように、「海外派兵恒久法」を成立させたいのである。「恒久法」については、民主党も積極的だ。民主党は国連第一主義なので、国連の承認を得ていない、アメリカのイラク攻撃は応援しない。しかし、アフガニスタンへの各国の軍隊派遣は国連決議に基づくものなので、日本としても積極的に国際責任を果すべきである、という考えだ。だから、民主党が用意している「アフガニスタン復興支援法案」はアフガニスタン派兵を容認していて、党は「恒久法」の早期制定を主張している。

オリンピックの狂騒の陰でもその準備は進められていたのだが、そこに起きたのが、農業指導をしていた伊藤和也氏の拉致、殺害事件である。地道な農業指導を通じて地元民の信頼を得ていた伊藤氏でさえ拉致、殺害されたというので、新聞などの論調でも、「これで自衛隊のアフガニスタン派遣は消えた」という意見が見られた。しかし、いつのまにか論調は、「これくらいのことでアフガニスタンへの自衛隊派遣を遅らせることはできない」とか、「これはテロとの戦いの尊い犠牲である。彼の死を無駄にしてはいけない」とか、「この事件で、アフガニスタンの民主化プロセスが遅れてはいけない」とかいう風に変わってきた。

この言い方は、戦争中に育ったぼくの目から見ると、日本の戦争中の言い方とほとんど同じである。「これくらいの犠牲があったからといって、日本軍は恐れてはいけない」、「これは聖戦の尊い犠牲である。彼の死を無駄にしてはいけない」、「この事件で、アジアの解放というプロセスが遅れてはいけない」。

戦争中、このような、一見正義の味方にみえる言い方で世論が誘導されて、結局死んでいったのは若者たちであった。いままた同じ扇動が行われている、とぼくは直感的に感じる。

そもそも、アフガニスタンでの戦争は何か、ということを落ち着いて考える必要がある。アフガニスタンでは長年のソ連との戦争の後、地元の軍閥が、ソ連撤退後の主導権を握ろうと、入り乱れて戦った。最も人望のあったマスード将軍という人が暗殺され、タリバーンの勢力が浸透した。アメリカはこの混乱に乗じてアフガニスタンに軍隊を送りこみ、今度はタリバーンとアメリカの戦いになっていった。

ということは、キリスト教右派勢力と熱烈なイスラム教徒との間の戦いなのである。アメリカはアフガニスタンやイラクに民主主義を教えてやるというが、元来キリスト教社会で形成されてきた民主主義という政治運営の方式を、まったく異なるイスラム教社会にもちこもうとすることが、そもそも無理なのである。だから、アフガニスタンとイラクでのアメリカの戦いは、アメリカが手を引かない限り、終わらないであろう。

そこへ日本が自衛隊を派遣することに何の意味があるのか？　日本は、国家としては、キリスト教にもイスラム教にもかかわる必要などまったくない。それなのに、アフガニスタンとイラクへの自衛隊の派遣をいつでもできるように、「海外派遣恒久法」を作るなどということは、まったく愚かなことなのである。

こんなことで日本の若者の命を危険にさらすことは許されない。そして、日本の若者に、イラクやアフガニスタンの市民を殺させることも許されない。もしあなたが親ならば、自分の子どもが、こんな意味のない戦争の場へ連れていかれることを我慢できるのか。自分の子どもが、アフガニスタンやイラクの普通の人たち、普通の子どもたちを殺すことを我慢できるのか。我慢できないだろう。

みんなで声を上げよう。声を上げられるように勉強しておこう。オリンピックの狂騒に惑わされず、首相の無責任な政権投げだしに伴う新聞・テレビの大騒ぎに惑わされず、ことの本質を見据える勉強をしよう。

騙されやすいきれいな言葉

大手の新聞やテレビは、残念ながら、政府・与党の意向に沿ったような報道をしている。ときどき批判しているような書きぶりをしても、基本的には読者や視聴者を政府・与党の意向を受け入れるように、あるいは、それに疑問をもたないように仕向けていると思う。それは、アフガニスタンへの派兵問題ひとつとってみてもわかる。そもそもアフガニスタンでの戦争は何なのかという根本問題は考えさせないように仕向けていると思う。その手には乗らないようにしよう。それにはまず、マスメディアが使う言葉に注意することが大切だと思う。

「国際」。この言葉がつくとなんでもいいことのように受けとる傾向がある。特に「国際貢献」が危険である。「国際貢献」といわれると、世界中の国々に貢献しているように思うが、実は「アメリカ貢献」なのだ。派兵しないと「国際的信用が落ちる」というが、これは「アメリカの信用が落ちる」

のことである。

「民主主義を育てる」。これは前述したとおり、キリスト教社会で形成されてきた政治運用方式であって、それをイスラム社会が必要としているかどうか、これはアメリカが干渉すべきことではないはずである。

「国連が決めたことだから」。たしかに国連は重要な役割を担っているが、アメリカからの圧力が強くかかることがよくあるのだ。アフガニスタン派兵を国連が決めたのも、アメリカにうまく仕切られたからだと思う。いまでは、イタリア、フランス、ドイツで、アフガニスタンから兵力を引き上げるべきだという議論が強く出ている。日本は国連の非常任理事国であったのだから、国連で、アフガニスタン派兵を見直す議論を起こすこともできるはずである。ジャーナリズムはそういう議論を日本国内で巻き起こすべきなのだ。それをしないで、国連といえばすべて正しいとするのは、ジャーナリズムの責任放棄といわなければならない。

ソマリアの「海賊」とは何者なのか（二〇〇九年四月・39号）

アフリカ東端のソマリア沖に海賊が出没し、いろいろな国の船が船ごと乗っ取られたり、乗組員に被害が出たりしているというニュースがしばしば報じられている。各国政府が自国の船を守るために軍艦を派遣しているということである。日本政府も海上自衛艦か海上保安庁の艦船を派遣する準備を進めている。これは、海上自衛艦の派遣となれば憲法上の問題が出てくるし、海上保安庁はそもそも日本の周辺海域の安全確保という任務をもつ官庁だから、アフリカ東端のソマリアへ派遣となれば法律上の問題が出てくる。しかしメディアの伝えるところでは、とにかく「海賊」に襲われるのだから、至急法律を作って軍艦を派遣しなければならないというわけで、自民・公明党は艦船を派遣するという方針だけは一月二十二日に決定した。

その「海賊」とはいったい何者なのだろうか。「海賊」という言葉を見ると、誰でも映画などに登場する極悪非道の悪者を思い出すだろう。そういう悪者だから、法律を至急作ってとにかく退治しなければならないと、日本中のほとんどの人が思いこんでいるのではないだろうか。

ところが、堤未果というジャーナリストが、一月十九日付東京新聞の「本音のコラム」という欄で注目すべきことを書いていた。また水島朝穂という早稲田大学教授が一月三十日発行の『週刊金曜日』

という週刊誌にこの問題をとりあげていた。それらを総合すると、次のような問題があるとのことである。

国連環境計画（ＵＮＥＰ）の職員ニック・ナトールという人が、イギリスの新聞とのインタビューで明かしたところでは、ソマリア政府が内戦の結果一九九一年に崩壊して、ソマリアが無政府状態に陥ったとき、欧米やアジア諸国がソマリア沿岸で違法な操業を続け、数十億ドルの損害をソマリアに与えたそうである（国際環境団体グリーンピース発表）。その一方で、欧米の大企業が、ソマリアの政治家・軍幹部と廃棄物投棄協定を交わしたそうだ。その協定の内容は、それらの大企業が今後ソマリア地域沿岸に産業廃棄物を投棄することを認めるというものであった。国連のソマリア特別大使によれば化学物質や放射性廃棄物まで捨てられたそうだ。その後、その地域の住民数万人が放射性物質に汚染されて発病した。国連が調査した結果、有害化学物質による病気であることが明らかになった。ソマリア漁民は自分たちの海域での漁業を奪われ、外国大企業に海を汚染されて生活手段を奪われたのである。国連にも訴えたが国連は動かない。それでソマリアの漁民や元沿岸警備隊員だった者が、武器をもって自分たちの海域の船舶を襲うようになり、「海賊」と呼ばれるようになったというのである。ただしそれは外国船の乗員を殺戮するのでなく、その積荷を奪うビジネスなのだそうだ。

この記事から想像するに、ソマリアの漁民たちにしてみれば、いままで魚など海の幸によって暮らしてきたのに、その海が産業廃棄物のゴミ捨て場にされた（しかもそれは放射性物質の廃棄物らしいのだ)。生活の糧を奪われ、国連からも相手にされない。そうなったら、自分たちで外国の船を拉致して身代金をかせごうと考えるのも無理からぬことであろう。まさに自己防衛の行為ということができる。

ところがわたしたちの耳に入ってくるマスメディアの報道は、「ソマリア海域に海賊が現れた」ということだけである。その海賊がどういう人たちなのかはまったく報道されていない。絶対的悪としての「海賊」だけが広められている。

こう考えると、ぼくには、ブッシュ前大統領が「テロとの戦い」といったときの「テロ」と同じことだと思えるのである。つまり、アフガンやイラクの人たちがしていることは、決して「テロ」といえるような行動ではなく、自己防衛の行動なのだとぼくは思うのである。このことは、二〇〇八年一月の三十四号でとりあげた。権力者とマスメディアはそれを頭から「テロ」と呼ぶことによって、一般の人々に、アフガンやイラクの人たちの自己防衛を、絶対的な悪と思いこませることに成功してきたのである。そして、それによってアメリカ帝国と超資本主義がしてきた世界的規模での搾取と人権蹂躙に気づかせないことに成功してきたのだ。

ぼくは「海賊」という一方的な呼び方のなかに同じような意識誘導を感じ取る。そして、一番危機的なことは、ほとんどあらゆるマスメディアが、まったく疑うことをせずに「海賊」という言葉を使い続けていることである。ジャーナリズムこそ、この疑わしい言葉を検証し、批判をするべきなのに、この問題をとりあげているのは、ぼくの目に触れた限りではこの堤未果さんの文と水島教授の文だけだ。もし、この問題をとりあげている文章を見つけたら教えていただきたいと思う。

水島教授は、日本の政府・与党は「海賊」対策を名目にして海上自衛隊を派遣し、海外での武力行使の既成事実化を狙っていると警告している。すこしややこしいのだが、こういうことだ。

政府・与党は新法を作って、いきなり海上自衛隊の護衛艦を派遣するつもりである。ところが海上自衛隊というのは軍事行動によって敵を粉砕することを目的としている。しかしソマリアの「海賊」は粉砕すべき敵ではなく、警察行動として取り締まり、場合によっては逮捕するべき相手だ。それは海上保安庁の仕事である。だから、政府・与党は海上自衛隊の護衛艦に、海上保安庁の職員を同乗させていって、「海賊」を発見したら護衛艦の上から自衛隊員が小銃や機関銃で威嚇射撃をする。場合によっては海上保安庁職員が「海賊」を逮捕する、程度のことしかできない。しかも日本と関係のない国の艦船が「海賊」に襲われたのを見たときどうするのか、決まっていない。相手との対応について、極めてあいまいだ。実際の場面では、現場の指揮官は判断に苦しむだろう。

麻生首相が出動命令を急いだのに対して、当初、自衛隊側が消極的だったのは、このように武器使用基準があいまいなので、「危なくて仕方がない」と思ったからだろう、それにもかかわらず、一月二十二日になって自民・公明党が派遣を決定したのは、ある種の計算があったからだろうと水島教授は見ている。その計算とは、何かあった場合、「武器使用基準のせいで任務が達成できなかった。相手への危害射撃も必要」という口実作りに使おうとしているのではないか、ということである。「任務の成功を期すよりも、あえて危ない場所へ派遣し、犠牲者を出す『失敗』によって自分たちの要求を実現させる都合のいい実例を求めているのではないか」と水島教授は警戒している。そういえば、自衛隊員としてイラクのサマワに派遣されていた佐藤正久参議院議員が、「あえて戦闘に巻きこまれて」銃撃戦に参加しようとしたと発言したことを思いだす。自衛隊を海外に派遣したい勢力の人たちは、こうやって一歩一歩、自衛隊の海外派遣を法的に認める方向へ一般世論を引きずりこもうとしていると思う。ほとんどのマスメディアはそのお先棒を担いでいるのだ。そのことを見破ろう。

特に「海賊」から守るのだといえば、一般国民は「ゴジラ」から守るかのように、なんでもやってくれという雰囲気で認めてしまう危険がある。ぼくは、「海賊」という言葉ですべての本質的問題がかくされる危険を感じるのだ。

先にあげたニック・ナトール氏のインタビューのなかで、産業廃棄物が放射性物質だったらしいことが述べられている。もし事実だとすると大問題である。いま世界は、原子力発電の方向へ進んでいる。ドイツでさえ、原子力発電所閉鎖の大方針が揺らぎつつある。原子力発電は、最後には必ず核廃棄物をどこかに処分しなければならない。その処分場所としてソマリア海域が協定で決められたのかもしれない。そうだとすると、国連がソマリア漁民の訴えに耳を貸さない理由は、核廃棄物処理の問題はあまりに大きな問題なので、国連としても手がつけられないからかもしれないと推測できる。

それほどの大問題を秘めている事件なので、あらゆるマスメディアが「海賊」という言葉で全体にヴェールをかけて、中身が見えないようにしているということなのかもしれない。

「海賊」にしても「テロ」にしても、誰しもが絶対的な悪と思っている言葉を使うことによって、国家権力とそれに奉仕するマスメディアは一般市民の意識を誘導しようとしていることに気をつけよう。

意識誘導の危険はたくさんあるが、最近、ヒラリー・クリントン国務長官が来日したときの様子は、特に危険だと思った。あの笑顔で、日本がアフガニスタンへの攻撃に引きずりこまれないように注意しなければならない。

オバマ大統領の誕生は、アフリカ系の血をひく人が大統領になったという意味ではいいことである。しかし、それでアメリカ帝国がいい国になるわけではない。オバマのまわりはユダヤ系アメリカ人が取り巻いているから、パレスチナへの攻撃、弾圧は変わらないだろう。日本から米軍基地を撤収することもありえない。

ヒラリーは沖縄の米軍基地のグアム島への移転費用を日本に負担させることのダメ押しをした。そして、普天間基地を沖縄本島北端の辺野古に移転させることを速やかに実行するよう、日本政府に迫ったのである。また、アメリカの銀行や自動車産業を援護するために、アメリカ政府は七十二兆円もの資金を注入するが、そのための国債のかなりの部分を日本に買ってもらいたいのである。

ヒラリーは明治神宮参拝などで愛嬌を振りまいた。日本のマスメディアはまんまとそれに乗って、にこやかなおばさんとしてのヒラリーばかりを報道していた。日本のマスメディアがこぞって、日本人の意識誘導をしていたと思う。私たち庶民は、賢くそれを見破ろう。

マスコミの報道がおかしすぎる　（二〇〇九年七月・40号）

草彅某というタレントが、酔っ払って夜中に裸になって逮捕されたそうである。それが、ＮＨＫのニュースのトップで報道され、あらゆるテレビ、新聞、週刊誌が数日に渡って大報道をした。そして、釈放されると、今度は謝罪会見があらゆるマスコミで大々的に報道された。おかしいと思わないか。

酔っ払って夜中に裸になった程度のことで逮捕する警察もおかしいと思うけれど、それがテレビによく出てくる有名タレントだからといって、あれほど全日本的な大報道をする必要があったのだろうか。ぼくはなかったと思う。

あの熱狂的大報道を見ていて、ぼくは暗い思いになった。それはいろいろな意味においてである。つまり、いま、日本には考えなければならない重要な問題がたくさんある。そういう問題が草彅某の裸報道で隠されてしまうことだ。しかも、マスコミはそれらの問題を、裸報道をうまく利用して、意図的に国民の目をくらませているように思えてならないのである。

国会では臓器移植法改変が議論されている。臓器を移植してもらって助かる人がいる反面、脳が活動を停止しただけで死亡したと認定されて、臓器をとられる人がいることが置き去りにされていると思う。子どもの臓器提供は親の承諾によって可能になるように改変されようとしているが、実子を殺す親が絶えない現状を見ていると、瀕死の子どもを死亡したことにして、臓器を提供してしまう親が必ずいるだろうことを恐れる。そのとき、金銭が動く事態だって充分想像できるではないか。そういう重大な問題があるのに、マスコミはそれを大きな議論の場に引きださず、裸報道で煙幕を張っているとしか思えない。

ソマリア沖の「海賊」征伐のために海上保安庁の巡視船が派遣され、その船には、敵の攻撃に備えて自衛官も乗船した。これは、憲法を無視した行為である。憲法が事実上改悪されたような状態だ。憲法に違反した国の行為が「海賊」征伐の美名の下に行われているのに、マスコミは、当たり前の行為であるかのように、しかも片隅で報道するだけである。国民がよく考えなければならない問題を考えないように、こんな報道で目くらましをしているとしか思えない。

「憲法改正国民投票法」が来年、二〇一〇年五月十八日から施行される。これが施行されると、憲法改正原案の発議ができるようになり、衆参両院に憲法審査会がもうけられる。その審査を経て、衆参両院の本会議において、総議員の三分の二以上の賛成があれば改正案可決となる。それから、全国民に対して憲法改正案の提案がなされ、国民投票が行われる。そして、賛成投票が投票総数の二分の一を超えた場合、国民に承認されたことになるのである。

この法案は「国民投票法」といわれているが、実は頭に「憲法改正」と銘打たれているのである。つまり、はじめから憲法を変えるための投票法なのだ。特に問題なのは、国民投票の際、賛成投票の数が投票総数の二分の一を超えたら成立するという点である。もし投票する人が少なくて、投票率六割とすると、その半数、つまり全国民の三割の人で憲法改変がまかり通ってしまうことになるのだ。

この点は、この「憲法改正国民投票法」が提案された当時、大きな争点となったことである。法律施行一年前のいま、マスコミは国民に対して、本当に憲法改変が必要なのか、もう一度考えるよう、働きかけるべきだと思うのだ。マスコミは、大事なことを国民が考えないよう、目をそらす材料をいつも狙っているようである。裸騒ぎはちょうどいい材料だったのだと思う。私たちは、そんな目くらましにだまされず、憲法のことをちゃんと勉強しておこう。

草彅某の裸報道の狂乱振りを見ていて、どうしても心配なのは、日本中の多くの人たちが、非常に興味をもってあの報道にのめりこんでいることだった。これが恐いことだと思うのである。

いつの時代でも、権力者は、国民をうまく操って自分の思う方向へ導いていこうとする。そのためにマスコミをフルに使う。

ぼくは、第二次大戦を少年として経験したので、戦争中の日本政府がやってきたことと、いまの状況が重なって見えて、心配だ。

「鬼畜米英」「八紘一宇《はっこういちう》」「神風」「聖戦完遂」「常勝皇軍」といった言葉が毎日、ラジオと新聞で流されていた。その結果、日本中がそれを信じてしまったのである。潜水艇に乗って真珠湾攻撃をして死んだ軍人と、B29爆撃機に体当たりして死んだ軍人たちは「軍神」と呼ばれて特別扱いだった。

日本海軍はミッドウェー海戦で致命的敗北を喫したのに、大本営発表は「軽微な損害」を受けたとして、逆に「アメリカ海軍に多大の損害を与えた」と発表した。国民はみんなそれを信じたのである。何かが隠されているとは、ほとんどの人は気づかなかった。

ガダルカナル島で日本軍がほとんど全滅したときの大本営発表は「日本軍は戦略的方向転換をした」ということだった。それが実際には何だったのか、ほとんどの日本人は考えもしないで、発表のまま信じていたのである。戦争末期、B29爆撃機が毎日どこかの都市を爆撃するようになり、日本軍の高射砲も戦闘機も反撃できなくなったとき、軍は全国の国防婦人会に対して、「竹やりでB29を撃退せよ」という命令を下した。そして本当に、都市の婦人会では、「銃後の婦人」たちが、竹やりで相手を突く訓練をさせられたのである。いま考えると笑い話だが、そのときはみんな本気だった。

裸報道について新聞やテレビ、週刊誌のいうことをすべて信じこんで、それにのめりこむ姿勢は、戦争中と同じだなと思って、暗澹としてしまうのだ。権力者側は、日本国民というものは、マスコミを使えば簡単に操作できると、ほくそ笑んでいることだろう。今回は草彅某の裸報道だけをとりあげたが、いままでにも度々おかしなことがあった。ジャーナリズムがそれに気づいて、簡単に操作されないような、冷静な報道を考えるべきなのだが、現在の大きなマスコミにはそういうジャーナリズム精神は、残念ながらほとんど求められないと思う。なにしろ、マスコミ同士での競争が激しいので、みんなが興味をもつことの報道に遅れをとってはならないからである。

裸報道の狂乱振りを見ていて、ぼくはもうひとつ、恐ろしい想像をしてしまった。これだけマスコミの力が強いならば、マスコミで有名になりさえすれば、誰でも知事や国会議員に当選してしまうだろうということである。事実、テレビで有名なだけで知事になったのが最近の選挙でもあった。

最後に、では、私たち庶民はどうしたらいいのだろう、という問題に突きあたる。方法はひとつしかないと思う。大きなマスコミがキャンペーンを張って報道するようなことは、常に疑ってみることである。そして、なるべく広く目と耳を広げ、小さな報道に注目することが大事だと思う。商売のためでない本気の報道は、どうしても小さな報道しかできないからである。平和憲法の改変の動きが目の前に迫ってきたいま、私たちは目と耳を広げて、平和憲法を守るための勉強をしておかなければならないと思うのである。

「テロには屈しない」と「コロンブスのアメリカ発見」（二〇一〇年七月・43号）

「テロには屈しない」

小泉元首相は、ブッシュ政権がイラクで自ら作った泥沼に次第次第に落ちこんでいくのを見ながらも、なお、「テロには屈しない」といいつづけていた。ブッシュが「テロには屈しない」というとき、ぼくはいつも「テロという行動で抵抗せざるを得ないように彼らを追いこんだのは、あんたじゃないか」と怒っていた。アメリカの圧倒的軍事力に対して、イラク、アフガニスタン、パキスタンなどのイスラム教徒が抵抗するには、テロという方法しか残されていないのだ。

ここで冷静に見極める必要がある。抵抗するイスラム教徒たちは、アメリカとその同盟国イギリスに対してテロという方法で戦っているのであって、日本に対してではないことである。日本は、歴史上、中近東のイスラム教徒とは一度も戦争をしたことがない。日本は本来、彼らの憎しみを買う要素をもっていないのである。それどころか、現在でも、福岡に本部がある「ペシャワール会」の中村哲医師は、アフガニスタンで水路を完成させ、農民の生活向上に献身的に働いている。地元民の信頼も厚いとのことである。「ペシャワール会」の伊藤和也君という若者が何者かに拉致され、最後に射殺されるという痛ましい事件が起きたが、彼は地元民に慕われていたのに、事情を知らない者が金目当てに彼を拉致したということだった。拉致に怒った地元民が犯人たちを追っているうちに、逃げ切れなくなった犯人たちが伊藤君を殺した。多数の地元民が彼の死を悼んだという報道を読んだ。しかし日本のマスコミは、伊藤君殺害だけを大々的に報じ、アフガニスタン人への敵愾心と恐怖心をあおっていた。いかにも「だから日本にもテロ攻撃があるぞ」といわんばかりに。

自民党政権が崩壊し、民主党中心の政権が成立したのに、「テロの脅威に対して戦わなければ」という発想は堂々と生きている。政治家がそう信じているのみならず、ほとんどのマスコミも、この点に関しては疑問をさしはさまない。したがって、一般庶民はみんなそう信じこまされている。

ぼくは小泉元首相が「テロには屈しない」と叫ぶたびに、「あんた、アメリカ人じゃないんだろ」といいたかった。小泉元首相は、自分がアメリカ人になったと思いこんでいたのではないか。これは、ものごとを見る自分の目をどこに置くか、という根本的な問題である。

九・一一に、ニューヨークの世界貿易センタービルに飛行機が突っこんだとき、マスコミはいまにも日本で同じことが起きるかのように不安をあおった。「高いビルが狙われる可能性がある」などと。そして善良な市民はみんな不安に駆られた。

政治家もマスコミも、そして庶民も、自分がアメリカ人であるかのように錯覚していたのではないか。その錯覚はいまでも生きている。これはかなり根深い問題だと思うので、掘り下げて考えてみたい。

「コロンブスのアメリカ発見」

学校で西洋史あるいは世界史を習うと、「コロンブスのアメリカ大陸発見」という項目が必ずある。それは一四九二年のことだったと書いてある。生徒は年号を覚え、試験のときにはその年号をちゃんと書けば合格である。

一方、日本史では、一五四三年（天文十二年）、種子島に漂着したポルトガル人によって、鉄砲が伝来したと教わる。そして、一五四九年（天文十八年）、フランシスコ・ザビエルが来日したと教わる。われわれ日本人にとっては、たしかに、鉄砲はその年、外国から伝来したのだし、ザビエルは来日したのである。この場合には目を、われわれ日本人の側に置いて見ている。

目の位置という問題意識で「コロンブスのアメリカ大陸発見」という言い方を考えたらどうだろうか。この言い方は、明らかに、コロンブスというイタリア人に代表される西洋人の目で見た言い方である。西洋人から見たら、確かに「発見」だった。ところで、種子島に漂着したポルトガル人も、フランシスコ・ザビエルも西洋人なのだから、もし同じ目で日本の事態を表現すれば、「漂流ポルトガル人による日本発見」あるいは、「ザビエルによる日本発見」となるはずである。ヨーロッパ人はそういうだろう。ところが日本ではそうはいわない。

われわれ日本人は、ポルトガル人やザビエルによって発見される前からここに住んでいたのである。ここに住んでいた人間として、われわれ日本人は、伝来といい、来日というのである。この言い方は、日本人の目で見た言い方である。アメリカ大陸のことを考えてみると、そこには先住民がいたのである。アメリカ大陸は決して無人大陸ではなかった。日本列島にわれわれが住んでいたのとまったく同じである。

だから、日本列島の先住民であるわれわれの場合と同じように、先住民のほうに目を置いていえば、「コロンブスの来訪」あるいは「コロンブスの到来」といわなければならないはずである。ところがわれわれはそうはいわない。まるで、自分が西洋人であるかのように、「アメリカ大陸発見」といっているのである。

誰でも自分のいるところに目を置いて発言する。それは正しい。問題になるのは、日本人が、アメリカ大陸については、西洋人になりきって「発見」といっていることである。「西洋人になりきって発見ということは、実は大変おかしなことなのだ」という問題に誰も気がついていないようなのである。だから、アメリカ人になりきって、「テロの脅威」といったり、「テロには屈しない」ということのおかしさに気がつかないのだと思う。

「異教徒」

同じ問題が、西洋史で習う「異教徒」についてもある。教科書や歴史書には、「カール大帝は異教徒を平定して、安定した国をつくった」などという言葉が、当然のように使われている。受験勉強のときには暗記しなければならない。教科書や歴史書だけではない。ちょっとした雑誌のヨーロッパ案内などにも、遺跡の説明のなかに、異教徒との戦いやその平定が語られている。異教徒が、われわれ日本人にとっても異教徒であるかのように、平気で使われている。ここでもキリスト教西洋人の目から見た呼び方を、日本人であるわれわれが、当然のように使っているのである。

西洋の歴史のなかで異教徒と呼ばれるのは、キリスト教から見ての異教徒なのである。キリスト教がヨーロッパ全土に広められる前には、ゲルマン民族もケルト民族もそれぞれ自分たちの信仰をもっていた。それはほとんどが自然信仰で、木にも神が宿っていたし、川にも神がいた。自然のあらゆるものに神が宿っていたのである。それは、日本と同じだった。日本では幸い現在でも御神木があったり、岩に竜神が宿るという信仰があったり、かまど神を祭る家がある。そういう、自然信仰をもち、自然のなかの神を信じている人たちを、キリスト教では異教徒とよぶのである。

すると、日本人のほとんどは、キリスト教から見たら異教徒なのである。仏教徒はもちろん神道信者も、キリスト教から見れば異教徒なのである。それなのに日本では、教科書、歴史書などにおいて、「カール大帝が異教徒を制圧した」などと平気で書いている。旅行案内書でも平気で異教徒という言葉で説明している。これでは、日本人はいつまでたっても西洋人の目から抜けだせないだろう。こういう教育が平気で行われており、その教育で育ったおとなが、政治家になり、マスコミ人になるのだから、「テロには屈しない」という発言のおかしさには誰も気づかないというわけである。

この問題は、目を自分のところに置かないで、よその人のところに置いてしまうということである。自分を形成している皮膚が薄くて、自分の中身が相手に吸い取られていく状態のようにぼくには思われる。吸い取られるというよりも、こちらから自分の中身を相手に流しこんでしまうといったほうが正しいだろう。

このとき、もうひとつ大きな問題がある。それは、自分の中身を流しこむその相手は、常に先進ヨーロッパであり、先進アメリカである、ということである。古代、中世を別とすれば、けっして中国ではないし、韓国でもない。東南アジアの国々でもない。それは、明治以来日本人が憧れてきた白人の「先進国」なのである。「異教徒」という言葉を自分から見て異教徒であるかのように使うのも、キリスト教化されたヨーロッパ人がいうことだからだし、「コロンブスのアメリカ大陸発見」も、キリスト教化されたヨーロッパ人がしたことだからなのである。

白人の先進国のなかに自分を溶かしこんで、自分自身が先進白人であるかのように思いこみたいのであろう。

しかしこれは、ほとんど漫画といっていいほど滑稽な場面なのである。

日本の首相はアメリカの大統領と個人的に仲がいいことが良いこととされている。歴代の首相は、自分もトップの白人になったつもりでアメリカの大統領とつきあい、いわれるままのことをしている。にこにこ握手してみせる。親しいのだと思いこんでいるし、いいふらしている。自分の顔は白人の顔になったつもりかもしれない。だが、大統領のほうから見たら、日本の首相の顔は黄色人種の顔だし、その国は極東の小さな島国でしかない。よくいうことを聞く男だから親しくしているに過ぎない。世界制覇のために軍事力を使うとき、基地として役立つから日本の首相を大事にしている（ように見せかけている）に過ぎない。そのことに気づかず、親しい仲だと宣伝したり、大義なきイラク攻撃とアフガニスタン攻撃を支持し、自衛隊の艦艇を派遣するなどは、まったく滑稽な場面なのである。

アメリカでも、それに気づいている人がいるに違いない。

日本人が西洋史で、「異教徒」とか「コロンブスのアメリカ大陸発見」という表現を使うのは、古い歴史の記事なのだから気にしなくていいじゃないか、と思う人がいるかもしれない。だがこれは、そう簡単に片づけられる問題ではないと思う。現代日本の大きな問題なのである。

「思いやり予算」をご存知ですか？
～国民には冷たく、米軍にだけ気前よく～　（二〇一一年四月・47号）

実態は肩代わりなのに、思いやり予算と呼んであいまいにしてきた予算について、その実態を書いた文章が、ぼくも参加している生田九条の会のチラシにあるので、会の了承を得て掲載する。

「思いやり予算」という言葉を聞いたことがありますか？

日本に駐留している米軍の経費のうち、もともとアメリカ側が払う建前になっているものを、日本側が「思いやって」払っているもののことである。一九七八年、当時の金丸信防衛庁長官が「思いやり」という言葉とともに予算計上したもので、以来今日まで三十二年間にわたって続けられている。

その内容は、⑴基地施設整備費　⑵労務費　⑶光熱・水道費　⑷訓練移転費　などが含まれ、これらは日米安保条約と米軍地位協定では、アメリカ側が負担すべきものである。近年では、更に沖縄の基地移転経費や米軍再編経費の負担にも踏み出し、二〇一〇年度には過去最高の三七〇〇億円を日本国民の税金で負担している。一九七八年には年間六二億円だった「思いやり予算」は、今日では五十倍に膨張し、三十二年間の累計は六兆三八〇〇億円に達している。

駐留米軍経費の日本の負担は他の26カ国の合計より多い

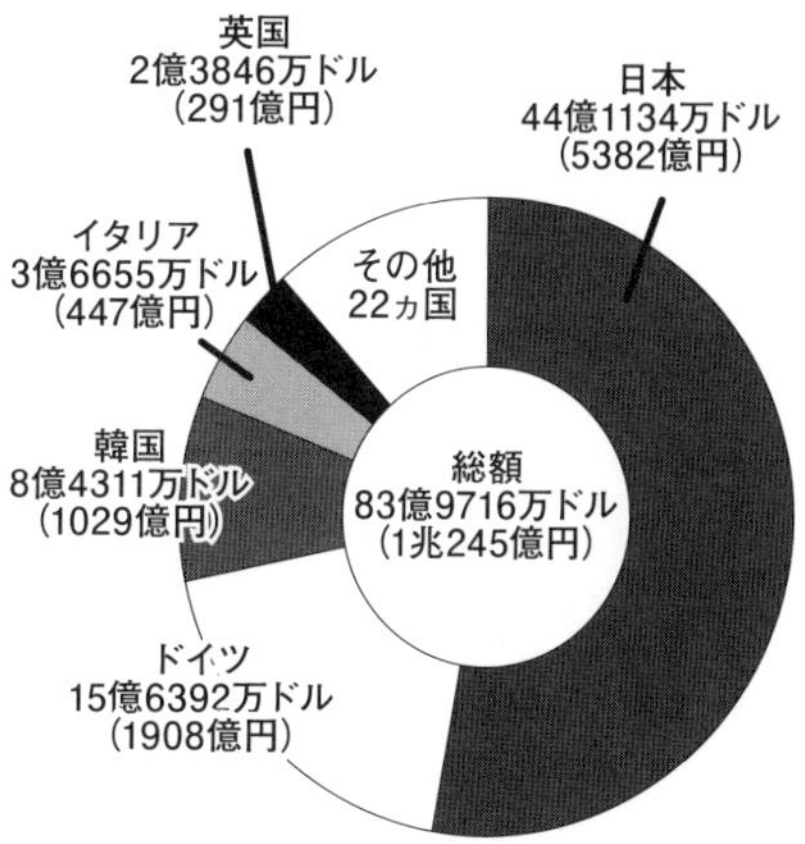

二〇一〇年度は、これに米軍基地の日本人地主への地代の支払いや、基地周辺対策費（日本側負担）を加えると、米駐留軍関係の予算の支出は七〇〇〇億円を超える。

米兵の「最高に快適な生活」を支える

嘉手納弾薬庫地区にオープンした米軍兵士の娯楽施設であるゴルフ場に、日本政府は基地施設整備費の名目で一三四億円も支払っている。

六四・一倍：これは神奈川県が昨年五月に募集した県営住宅の抽選倍率である。三八㎡1DK七戸に高齢者四四九人が殺到した。この建築費は一戸当たり一四七〇万円。池子の米軍兵士の家族用住宅は一戸平均七八〇〇万円。米軍住宅は最低一〇一㎡、最上級は二三四㎡も。

米兵の家族のために学校、保育園、娯楽・運動施設がどんどん作られ米兵一人あたり九三七万円が「思いやり予算」から支出され、兵の快適な生活を支えている（駐留軍経費としては一人一三〇〇万円）。「広すぎる、豪華すぎる」と批判されても、日本の住宅事情とは関係なく米軍の要求水準をそのまま受け入れるばかりである。会計検査院もクレームがつけられず、民主党が鳴り物入りではじめた事業仕分けでは「Aクラス」（そのまま認める）にランクされた。しかも、二〇一〇年十二月、日本政府は思いやり予算の五年間の現状維持の協定を結ぶこととし、アメリカ政府を喜ばせた。

日本に駐留する米軍の数をご存知だろうか？　四万七〇〇〇人である。世界で米軍が駐留している国の経費の負担は約三〇％である。ところが、日本はなんと七五％を負担し、おかげで、日本一国で、他の二十六カ国の合計より多く負担している。いまアメリカ政府は予算削減で海外基地の本国への引き揚げを検討しているが、日本の場合は、「政府の気前良さによって、海外においておくほうが安くつく」（ブルッキングス研究所報告。二〇一〇年十二月）状態である。（引用終わり）

大本から考えてみませんか？

「日米安保のおかげで、アメリカに守られている」、「中国・北朝鮮の不穏な動きに対処するためには日米安保が必要だ」と思っている人もいることと思う。同様に、中国・北朝鮮の人々のなかにも「日米・米韓安保による強力な軍事力で包囲して、先につぶそうとした」と思っている人もいるのではないか。

しかし、お互いに仮想敵国をつくり、軍事力で物事を解決しようとしたり、軍事力に軍事力で対抗する考えは、二十世紀の遺物で時代遅れである。二〇一〇年十二月十一日のＮＨＫスペシャルの日本国民への世論調査では、「日本は安全を守るためにどのような国に成るべきか」という問いの答えとして、「アジアの国々と国際的な安保体制を築く」が五五％で、二位の「日米同盟を基軸にする」の一九％を大きく上まわっていた。

日米安保条約の第十条は、どちらかの政府が条約の終了を相手側に通告すれば、一年後に条約はなくなると決めている。フィリピンは一九九一年に上院が安保条約の延長を否決したので、基地はなくなり、工場・観光事業に転換して繁栄している。こういう国がアジアにあるのである。

原発は本当に必要なのか　（二〇一一年七月・48号）

人間が自然を制御することはできない

三月十一日の大地震と大津波によって福島第一原発が破壊され、放射能汚染が広がっている。事態はいまだに収束していない。ぼくは、おもに通常の新聞とテレビ・ラジオと『週刊金曜日』でしかこの事故の情報を得ていないが、一番強く思い知らされたのは、原子力発電という現代科学の先端技術が、水で冷やすことによってしか制御できないという事実である。いままでも原発の写真で燃料棒が水のなかに入っているのは見ていたが、原子力発電というものは、根本的に、水で冷やすことによってしか成り立たないことを、毎日のニュースで思い知らされた。そして考えてしまった。

「物を水で冷やすなんてことは、人間、太古の昔からやってきたことではないか」。原子力発電というのは最先端技術かと思いきや、その基本は太古の昔から人間がやってきた、水で冷やすことだったのだ。ということは、人間、どんなに頑張ったって自然を超えることはできないということを意味する。そもそも、人間は自然を制覇しようとか、越えようとか考えてはいけないのだ。

原発を一基作るには三千億円とか五千億円かかるということだが、「そもそも原子力発電という技術はまだ完成した技術ではない」という指摘がある。使用済み燃料の処理方法がないというのだから、素人が考えても、完成技術でないことは確かだ。人間はもちろん、あるゆる動物は、生きるために食べるが、残りは必ず排泄する。排泄し、自然のなかへ戻す。自然のなかへ戻して完了するはずである。原子爆弾の場合は、爆発だけさせれば目的を果たすので、事後の処理は考えない。使用済み核燃料の処理方法がないまま原子力発電ができると考えるのは、原子爆弾の発想のまま考えているからではなかろうか。「原子爆弾は爆発だけさせればいいのであって、事後の処理のことは考えていない」。それは実はきわめて危険な科学思想なのだと思う。

現場は実はずさんな運営だったようだ

テレビや新聞で知る限りでも、現場での運営はずさんだったようだ。作業員二名が被曝したことがあったが、あのときは、その作業員が短靴をはき、線量計ももたずに危険な場所に入って行ったということだった。それくらいの注意を現場監督者はしなかったのだろうか、と思う。非常用電源が津波でだめになったという。だが、非常用というのはどんなことがあっても大丈夫なようにしておくのが非常用なのではないか。電力会社なのに非常用電源が使えなくなったと聞いて呆れたのは、ぼくだけではなかったはずだ。

平井憲夫さんという原発の現場責任者をしていた技術者が講演したものが、ネット上に「原発がどんなものか知ってほしい」と題して出ている。これについては、ネット上で賛否両論かまびすしいが、現場人しかわからないことが、生々しく報告されている。何かの管がつながらないといわれて行ってみると、いくつもの製作会社の製品なので、管の直径が0・5ミリずつずれていたという。五千億円もかける原発でそんなことがあるのかと、開いた口がふさがらない。

平井氏によれば、現場での作業員も、農民であったり、孫請け会社の労働者であったりするので、原発の知識なしで作業しているという。その上、検査のずさんさも報告されている。例えば溶接の検査のとき、溶接の技量のない検査官が来て、メーカーや施主の説明を聞き、書類さえ整っていれば合格とされる。科学技術庁の人が、「自分のところからは、被曝するから検査官は出さず、農水省で養蚕の指導をしていた人とか、ハマチ養殖の指導をしていた人を原発の専門検査官として出した」と述べたことも報告されている。新聞・テレビを見ながら感じるずさんさと合致することが、現場人の目で報告されている。

平井さんのこの現場からの報告について、認定NPO法人原子力資料情報室共同代表の山口幸夫さん（物理学）は次の文章を寄せてくれた。山口さんは、ベトナム戦争の時代、相模原の米軍基地からベトナムへ戦車や武器、火薬が運ばれていることを証明するために、二年間ほど基地の前に自動車を置いて、仲間と交替で二十四時間監視した人である。ぼくと妻は、週のうち何日か日を決めて、夜食をその場に届けたのだった。現在、山口さんは、危険な柏崎刈羽原発を止めるための活動に精魂を傾けている。

原子力発電の原理は簡単ですが、技術的に成り立つかどうかは、ずっとあいまいのままでした。核分裂反応をコントロールできるのか、事故をなくせるのか、放射性廃棄物の始末の方法はあるのか、被ばく労働者なしに運転できるのか、などで見解が割れたままで、政治的な判断が優先されてきたのです。

設計技術者たちにとっては大きな不安が当初からありました。設計通りに造られるかどうかです。原子炉圧力容器や配管系のひび割れや腐食を防ぐことは、原理的にできません。かぞえきれないほど多くの箇所の溶接作業は、ひとえに職人の腕しだいですから、とくに心配です。巨大な装置である原発を設計図どおりに、厳密に施工し管理することはじつに困難です。じっさいの現場がどうなのかを、平井憲夫さんはよく知っていました。平井さんの文は平井さんがご自分の経験から語った貴重な内容です。福島原発の建設と改修に当たった元技術者の菊地洋一さんが、今度の福島第一原発の事故のあとに述べた内容とよく合っています。平井さんの警告をどうけとめるか、私たちみんなに問われているとおもいます。

東電も政府も事実を隠そうとしている

日本各地の原発では、これまでも大小の事故があった。一九八九年に福島第二原発で再循環ポンプがばらばらになった大事故があったそうだ。一九九一年に関西電力の美浜原発で細管が破断し、放射能を直接に大気中や海に大量に放出した大事故があった。一九九五年には、動力炉・核燃料開発事業団の、敦賀原発「もんじゅ」で、ナトリウム漏れの大事故があった。平井憲夫さんの証言によると、このときも政府は「事象があった」という軽い言葉でごまかしたそうである。その都度、電力会社や政府は、大した事故でないように発表してきた。地元の人や、原発問題を真剣に考えている科学者たちは事実を突きつけて真相究明を迫ってきたが、新聞などではほとんど報道されないできている。この三月の福島第一原発の大事故では、爆発が起きたので隠しきれないでいるが、それでも本当の危険はなるべく公表しないできていることはテレビで見ているだけでも感じられる。むしろ外国のメディアは早くからかなりの情報を手に入れていたようで、ドイツやアメリカのぼくの友人たちからは、日本ではメルトダウンが起きているから、極めて危険だという注意がメールでたびたび送られてきた。そのころ日本ではまだ核燃料のメルトダウン（高温のために核燃料棒が溶け落ちること）は発表されていなかった。

核燃料のメルトダウンが最初に発表されたのは、五月十五日ころだった。五月二十三日に国連のＩＡＥＡ（国際原子力機関）の査察団が日本に来た。タイミングから見て、東電と政府は、査察団が来るのでやむをえずメルトダウンの事実を公表したのだろう。可能な限り隠そうという東電と政府の姿勢はこれからも変わらないだろう。国民の世論がそれを許さないことが大切だと思う。それには新聞・テレビが国民に対して正確な調査結果を提供し、電力会社や政府に対して批判的な意見をきちんと述べることが大切なのだが、大新聞・大テレビの上層部の人たちは政治家や大会社の上層部と親しいから、厳しい批判はしにくいらしい。そうなると、われわれ一般市民は大新聞・大テレビの情報を鵜呑みにせず、良心的な、小さいメディアから事実を拾わなければならない。

非常事態のなかでも巨大組織の壁、官僚の壁

三月十一日以来の原発非常事態のなかでテレビ報道を見ていると、東電内部での連絡の悪さが目立った。発表する担当者が現場と密な連絡が取れていないことがはっきりわかってしまった。緊急事態のなかでの混乱は当然あっただろう。しかし「原発は完全に管理されているから安全だ」と主張していた組織としてはあまりにもお粗末だと思ったのは、ぼくだけではないだろう。電力会社として巨大になりすぎていたために、動脈硬化が起きていることを感じた。

その上に、経済産業省に属する「原子力安全・保安院」があって、これと東電との連絡がうまくいっていないことも明らかだった。両者の食い違いはマスコミでも批判が巻き起こり、一か月ほどたってからの記者会見は共同で行われるようになった。ほとんど官僚組織のようになって硬直した東電と経済産業省があの緊急事態を処理するのだからスムースに行くわけはないと思いながら、国家の命運にかかわる歴史的大事件でも、大組織と役人はすこしも変わらないのだと思い知らされた。この原発大事故を契機として、日本は国家の在り方を根本から変えていかなければならないのに、それをこうい

う役人や大組織人に任せておいたらできないだろう、と考えたら、暗くなってしまった。

一九四五年、第二次世界大戦で日本が無条件降伏したとき、ぼくは中学三年生だったのでよく覚えているのだが、日本人の多くはがっくりした。そして軍は解体され、政治家は追放され、官僚も、これからは国民の公僕にならなければならないといわれた。それはマスコミでも主張されたし、新しい総選挙で選ばれた国会議員たちも「公僕」という言葉をよく使った。支配層としての官吏でなく、国民に奉仕する者だとみんな考えはじめた。

だが、六十年経った現在はどうだろう。官僚の支配は完全に復活し、「政治主導」などということをわざわざ主張しなければならない状況になっているではないか。完全に元に戻っている。そして、今回の大事故による非常事態でも、官僚の壁、巨大組織の壁はびくともしていないようである。国家の在り方を根本から変えるという大事業を、日本はできるのだろうか。

みんな「原子力村」の仲間だ

原発を作っているのは東京電力をはじめ、各地方の電力会社である。その事業内容をチェックして認可するのが、経済産業省の原子力安全・保安院であり、安全指導をするのが内閣府にある原子力安全委員会である。一応それぞれ独立しているはずだが、実は互いに深い関係にある。経済産業省の資源エネルギー庁の官僚が東電に天下りしていることは有名だし、東電など電力会社の役員の多くが、自民党に献金していることが知られている。

それぞれを構成している人間も、互いに近い関係の人たちが多くいる。大きな大学の原子力工学専攻学生の数はそんなに多くはない。しかも大学院で専攻した者はもっと少なくなる。従って、電力会社の原子力部門や原子力安全・保安院には、同じ専攻の先輩・後輩や同級生がたくさんいることになる。職務上立場は違っても同門の人間ばかりなのである。（このことは原子力分野だけではない。法律界でも同じことが起きているが、法律界は分野が広く、従って人数も多いので、いたるところに知った顔がいるとはならない）。

大学の原子力研究分野自体が、電力会社から多額の研究基金を受けとっている。例えば東京大学には、二〇〇七年以降、東京電力は単独で二億九千五百万円の研究寄付をしている。他企業と合同で寄付している分を合わせると、六億百万円になるという。東京大学はその寄付金で各種の「寄付講座」や「寄付研究部門」を設けている。そして全学的に「原子力教育研究イニシアチブ」という学内機関があり、大学院工学系研究科を中心とした原子力の研究・教育プログラムを実行している。東電の委託研究機関のようなものである。

そういうプログラムを遂行してきた教授たちが、政府の各種委員会の委員であったり、委員長であったりするのだから、それはもうほとんど「原子力村」といっていいだろう。現在の内閣府の原子力安全委員会委員長は、昨年まで「原子力教育研究イニシアチブ」に所属していた教授である。現在の総合資源エネルギー調査会の原子力部会長も、イニシアチブの拠点リーダーだった。その他、挙げればきりがないほどたくさんの国立大学教授が原子力関係の委員会に入っている。なかには、福島第一原発の大事故以後、ＮＨＫにたびたび登場して、危険な状況を隠しては、「冷静な対応を」と呼び掛けていた教授もいる。これらのことが、アメリカやドイツのメディアでは「真相を隠している」と批判されたのである。

陽のあたる場所にいたい多くの学者が、多額の研究費をもらうことによって電力会社の御用学者になって行動してきた。その結果が今回の放射能事故なのである。それは決して、地震と津波だけのせいにすることはできない。「原子力村」の人たち自身が、「地震への備えはある、安心してください」といってきたのだから。

「原子力村」を守るものもある。それはマスコミである。電力会社は、大新聞、大テレビ、有名雑誌などに広告を出す。広告費はマスコミにとって重要な収入源なのである。それだから、新聞、テレビ、雑誌などは原発問題に対して批判的なことは書けない。書いてもせいぜいやんわりとしか書けない理由はここにある。

電力は本当に足りないのか

三月十一日の直後、東電は、「電力が不足して大規模停電が起きる危険性があるから」という理由で、計画停電なるものを考えだし、実行した。そして、電車を大幅に制限した。市民はいわれるままに停電の備えをしたが、ぼくは疑った。「これは、原発がなくなったらこんなに困るんですよ、というデモンストレーションではないのか」と。各電力会社はその地方独占だから、電気を流すのも止めるのも自由にできる。その意味で強い独裁者なのだ。だから、原発がなくなったら停電が起きるぞと示威するのは簡単なことだと思う。

日本全国の火力、水力、原子力の電力総生産量と、全消費量をグラフにした人がいる。それは、『週刊金曜日』三月二十五日号の十三ページに出ている。筆者の広瀬隆氏によると、二〇〇一年が最大電力消費の年だったが、真夏の午後二時〜三時の記録でも、消費電力が電力総生産量を超えたことはないとのことである。そのグラフを見ると、原子力発電分をそっくり差し引いても、火力と水力で十分余裕があることがわかる。

現在の日本の電力消費は贅沢すぎると思うので、これを普通のレベルまで落とせば、原子力発電なしで十分やっていけることは確実だと思う。電力会社の脅しにすくむ必要はまったくないのである。

生活を見直そう

それにしても火力発電は使うわけだから、電力の消費は抑えたほうがいい。いまの日本では、まるで電力というものが無限にあるかのように浪費されていると思う。パチンコ屋をはじめとして、コンビニなどの照明は、あんなに明るい必要はないだろう。デパートももっと落ち着いた明るさでいい。飲み物の自動販売機がこれほどたくさん必要だろうか。しかも十分に冷たく、または十分に温かくしたものが。

文明というものは、突きつめていえば、人間の生活を自然から隔離することだ。人間が足で歩けば一時間に四キロくらいしか歩けないが、自動車なら五十キロでも六十キロでも進むことができる。それが文明というものだ。だから、どこまでの文明を求めるかが問題なのだ。それについては人間は叡智を働かせなければならない。どこまでも求めていいわけではない。近代科学をどんなに進めて原発を作っても、最後には水で冷やすという原始の行為だけが頼りなのだから。

これっておかしくありませんか？　（二〇一二年四月・51号）

日本は現在、高度に発達した文明の恩恵を受け、経済もいまのところは何とかなっていて、みんなでなんとなく平和に暮らしている。けれども、三・一一の大震災と東京電力福島第一原発の大事故で大ショックを受けた。いまだに大震災の被害に苦しんでいる人がたくさんいて、原発事故で故郷を追われた多数の人が苦しんでいる。そして、一方では史上最低で、おそらく最悪の野田首相と内閣がかじ取りをしている。ぼくはいまは日本の歴史上、最大の危機だと思うけれど、まさにそのときに最低、最悪の首相と内閣が行政を行うとは。

しかし、よく見ると、おかしいのは政治家や官僚だけではない。われわれ日本人全体が、とてもおかしなことをおかしいと思わずにやってしまっているという側面もある。いくつかの実例を挙げるが、それらは目に見えるおかしな現象であるだけでなく、実は、日本人が歴史上、くり返し行ってきたことなのではないかと思い、提示してみたい。

遮光ガラスの車内で電灯

ある晴れた日、東京のどこかの駅でＪＲの電車を待っていた。電車が滑りこんでくると、窓ガラスが黒くて、中が見えなかった。いわゆる遮光ガラスだった。ところが乗りこむと中は明るい。車内灯が煌々とついているのである。ぼくは、外から見たときの車内の暗さと、中に入ってからの車内の明るさに戸惑った。

外はまばゆいばかりに日が照っている。だが、遮光ガラスでその光は遮断してある。しかし室内は明るい。これって、おかしいんじゃないか。

せっかくお日さまがさんさんと照っているのに、その光を遮断してしまった。しかし、暗くては困るというわけで、電灯をつける。その電力が必要だからといって、原子力で電気をつくる。その原子力発電は子孫にまで危険を及ぼす。これって、やっぱりおかしい。

外に恵みの太陽光があるのに、なぜ遮光ガラスでそれを拒むのか。美容のため、というのが現代の言い分なのだろう。ならば、車内がすこし暗いのは我慢したらいい。どっちを取るんですか、といいたい。

どっちも欲しい？　それは、文明と富に溺れた現代の日本人のおごりなのではないか。その欲望のために、危険な原子力を使ってまで電気をつくろうとする。それは人間として、してはいけないことなのではないか。生物の遺伝子に悪影響を及ぼす原子力を使うことは、根本的な倫理に反することだと思う。

しかし、一番恐ろしいことは、日光を遮断した車内で煌々と電灯をつけていることを、誰もおかしいと思わない、そのことである。日常に埋没してしまっていて、自分がしていることのおかしさに気がつかない。これはまったく重症である。原子力発電で利益を得ている勢力とそれに頼って権力を維持している政治家たちは、「大丈夫、日本人は自分の行動が矛盾しているおかしさに気がつかないさ」とたかをくくって、原発再起動のチャンスをじっと待っているに違いない。

消灯させていただいております

二月のはじめ、この日も東京は気温は低かったが快晴で、電車の中には日光が差しこみ、明るかった。新聞を読む乗客もいれば、文庫本を読んでいる乗客もいた。そのとき、車内放送があった。「本線では節電のため車内灯をすべて消灯させていただいております。皆さまのご理解とご協力をお願い致します」。

ぼくはあっけにとられた。こんなに明るい車内だもの、誰も車内灯をつけてもらいたいと思っていないはずだ。乗客たちはまったく反応せず、新聞を読んだり、文庫本を読んでいる。まったく不要な車内放送だったのだ。

ぼくがこのことから気になるのは、こういうことだ。三・一一以来、「原発がなくなったら電気不足が起きる。みんなで節電しなければならない」と国民は脅かされた。だが月日が経過しても電力不足のパニックは起きていない。みんな忘れかけている。車掌区の人も忘れかけているから、三・一一直後に決めた車内放送ルールを変更していない。「まあ、当分流しておけ」くらいの感じで流している。一方、乗客のほうでも忘れかけているから、こんな放送が流れてもおかしいと思わない。こういう意味のない放送は、国民に忘れることを推薦していると思うのである。反応しないように訓練している。みんなが反応しなくなったとき、チャンス到来とばかり、原発再開ののろしがあげられるだろう。

ドアーを閉めさせていただきます

これもJRの電車の話だが、ある駅の始発電車に乗って発車を待っていた。間もなくブザーが鳴り、発車時刻になると、車内放送が「間もなくドアーを閉めさせていただきます」といったので、ぼくはびっくりしてしまった。

「閉めさせていただきますって。閉めるのはあんたの仕事だろう? 閉めなきゃいけないんだろう。もし、乗客が閉めちゃいけませんといったらどうするの?」と、ぼくは車掌のところへ行っていいたかった。

車掌は、お客に対する放送だからと丁寧にいったつもりなのかもしれないが、これはへりくだりすぎている。卑屈である。そればかりか、責任放棄である。発車前に扉を閉めるのは、車掌としての責任のはずだ。

日本人は礼節を尊ぶといいわれるが、丁寧でありさえすればいいというわけではない。沖縄にはアメリカ軍の基地が多数ある。その基地の維持費に日本は多額の税金を納入しており、「思いやり予算」と名づけられている。これも同じように卑屈な名称である。「アメリカさん、遠くまでいらして大変でしょうね。お力になって差しあげますよ」と思いやっているという発想なのだろう。礼節を尊んでいるのでなく、ただただ卑屈な発想としかいいようがない。「米軍基地維持費日本側負担金」でしかないはずだ。

それを、「思いやり」という情緒的な、あいまいな言葉を使って、本質的問題を隠そうとする意図が感じられる。しかも、誰に隠すかといえば、日本の国民に隠すのだ。日本が敗戦後六十年経てもまだアメリカの属国の立場にあることを隠そうとしているのである。

こういう巧妙な隠ぺい作戦に乗ってはいけない。マスメディアはそれを見破る先頭に立たなければならないはずなのに、何も批判せず、抵抗せずにそういう言葉を使ってしまう。それによって国民はなんとなく受け入れてしまうのである。戦争中に、マスメディアは軍部や政府のいいなりになって、何の批判も、抵抗もせずに国民を戦争に駆り立てる標語を広めた。その反省はすこしも活きていないと思う。

原発の重大事故の責任を問わなくていいのか

東京電力福島第一原発の大事故は、大地震と津波によって起きた。専門家は地震によって電源が失われて大事故に至ったと考えているようだが、東電と政府は津波によると主張している。津波ならば自然災害であると言い逃れることができると考えているのだろう。

だが、いずれにしても、東電も政府も安全神話を流し続けてきたのである。安全策は十分講じてあると主張していたのに、実は講じていなかったのだから、これは東電と政府に責任があることは明白である。

政府には、原子力安全委員会があり、安全・保安院があってそれぞれに長がいる。その長が原発建造を許可してきたのである。そして、経済産業省が管轄し、大臣がおり、総理大臣がいる。だが、東京電力福島第一原発の大事故に対しては、誰も責任を問われていない。これはおかしいことではないのか。原発には理論的指導者といえる学者たちがいた。製造にも責任者がいた。原発基地全体の設計者、安全装置の設計者、実際の建築者。その誰も責任を追及されていない。

自然の大震災が原因だから仕方がないといいたいのだろう。しかし、これまでいろいろな批判があったのに、その都度、安全対策は十分とってあるとして批判を封じこめてきた結果が、今回の大惨事なのである。責任者たちは当然責任を追及されるべきである。

事故直後は、原発を批判してきた学者たちが脚光を浴びたが、最近では、原発を安全だと称して進めてきた学者たちが、臆面もなく再び出てきて、「安全なのだ」とか「原発がなければ工業発展も経済発展もできない」といって世論に脅しをかけている。マスメディアもそろそろ本音を出してきて、次第次第にそちらを支持しはじめている。日本ではまたしても責任追及なしで進むのかと、暗澹としてしまう。

ぼくは日本の敗戦のころの状況を鮮明に覚えている。日本国民をあの大戦争に引きずりこみ、数百万の国民を死に追いやり、国土を荒廃させた戦争指導者たちの責任は遂に追及されずに終わったのである。東京裁判は戦勝国が行った裁判であって、日本国民は関係なかった。日本国民としての責任追及をするべきだったのだが、天皇以下、戦争指導者たちに対する国民としての責任追及はなされないままになってしまった。ときの経過とともに、日本人の間で戦争責任のことは忘れられていった。

日本人は、その場をなんとか凌いでそっとしておけば忘れてくれる。戦後の政治家たち、官僚たちはそのことをしっかり覚えている。原発事故についても、その場をなんとか凌いでそっとしておけば、そのうち忘れてくれる。そう思っているに違いない。そして、それが当たっているのかもしれないという危惧をもつ。新聞をはじめマスメディアが、次第に忘れさせようとしているので。だが、国民は忘れてはいけない。

「東京スカイツリー」騒ぎ、そして放射能内部被曝の危険　（二〇一二年七月・52号）

どうして世界一の高さが必要なのですか。危険は考えなくていいのですか

「東京スカイツリー」なるものが出来上がり、テレビでも新聞でも大騒ぎしている。近辺の町は大商い。東京中がスカイツリーに陶酔しているようである。

でもぼくは、原子力発電所が日本で建造されはじめたころもこんなだったなあ、と、いやな気持になっている。しかも、四十年前の陶酔は、実は意図的に仕組まれた陶酔だったことが一年前に暴露されたばかりなのに、もう忘れて、今度は「スカイツリー」なのか。歴史から何も学ばない日本人。

疑問は三つ。一、大地震の可能性が強く予想されている東京に、あんな塔を建てていいのか、そもそも六三四メートルという世界一の高さに何の意味があるのか。二、東京電力福島第一原発では水が四十センチしか溜まらず、海に流出している。その原因さえ把握できていない。また爆発の危険さえあるとのこと。そして多数の住民が自宅から追い出されたままである。三、福島でこんな重大なときに、世界一高いタワーを作ることに何の意味があるのか、である。

この疑問は誰でももつ疑問だろう。だから作るほうは、必死になってその安全性を宣伝し、「世界一」を強調している。マスコミは無批判にそれをあおり、安全対策がいかに進歩しているかを書きたて、世界一の高さがいいのだと吹聴している。開業の日の新聞は、いかに最新の科学技術が各部分に駆使されているかを、詳しく解説していた。

五百年に一度の強風に耐えるガラスの外壁、五重の塔からヒントを得た「心柱」構造など。だけど、原発を作るときにも、完全な原子力燃焼装置、安全な冷却装置などの宣伝が行われていた。ぼくはそれと同じだなと思う。

スカイツリーは地震と落雷、竜巻、金属の劣化にどう対応できるのか。東京電力福島第一原発も安全といわれていたのに、事故が起きると「想定外」だったといって責任逃れをしている。スカイツリーに何か起きても、所有会社や制作に関わった人は「想定外だった」というのだろう。

そしてぼくが一番危険と思うのは、スカイツリーの危険性についてマスコミが何もいわず、いいことばかり伝えて、人々をあおっていることである。福島原発事故以前に自分たちが原発のお先棒を担いだことへの反省はまったくない。ぼくは、日本が世界大戦へと突き進んだとき、マスコミがブレーキ役にならず、旗振り役になって人々をあおったことを思いだす。そして、多くの文化人も尻馬に乗って人々をあおった。

それと同じことが、原発建設に際しても起きていた。まるで国民歌のようになった「鉄腕アトム」の作詞者は谷川俊太郎だったのだ。その谷川氏は、今度は、早くも『ゆめのスカイツリー』という本を出した。また旗振りである。子どもたちの幸せを本当に考えるならば、世の中のこういう危険な流れを食い止めることを考えるべきだとぼくは思う。

放射能内部被曝の危険性

広島と長崎に原爆が投下されたとき、問題になったのは、爆発の熱と放射能を直接浴びて死亡する被害だった。そしてアメリカは、原爆効果の調査に死亡者のデータを集め、本国に送った。その調査機関がＡＢＣＣといわれるものである。

東京電力福島第一原発の大事故のあと、政府や原子村の学者たちは、「一〇〇ミリシーベルト未満の被曝なら問題ない」と宣伝し続けてきたが、そのよりどころは「国際放射線防護委員会」（ＩＣＲＰ）の見解だそうだ。ところがそのＩＣＲＰなるものの見解は、アメリカの原爆殺傷能力調査のための調査団を受け継いだＡＢＣＣの調査に基づいた見解なのだそうである。

肥田舜太郎さんという九十五歳の医師は、軍医として広島にいたが、命拾いした人である。肥田さんは、原爆を直接浴びなかったのに亡くなる人を見て、これは何だろうと疑問をもっていた。それが体内に放射性物質が入ることによる被害であることがわかったのは、三十年後だったと述べている。それがいま、内部被曝と呼ばれていることなのである。

肥田さんは、政府や原子力村の学者たちがＡＢＣＣの調査に基づいたＩＣＲＰの見解を使って「一〇〇ミリシーベルト未満の被曝なら問題ない」というのは、「壮大なウソだ」と断言している。そして、いま、各地で「反原発」の講演をし、内部被曝の恐ろしさを訴え、防衛策を各自がとらなければいけないと、警告している。彼の講演も、機会を見て本誌でも紹介したいと思うが、肥田さんの活動全体について、中日新聞系列の東京新聞が「内部被ばく無視の歴史」と題してわかりやすい記事を掲載したので、東京新聞と肥田さん御自身の了解を得て、以下に全文を原文のまま紹介する。（カコミ部分は記者による解説）

内部被ばく無視の歴史―源流は米の軍事研究

「一〇〇ミリシーベルト未満の被ばくは問題ない」―。福島原発事故後、政府や一部の学者たちはそう繰り返してきた。よりどころは国際放射線防護委員会（ＩＣＲＰ）の見解だ。しかし、原爆の被爆者医療に六十年以上携わった肥田舜太郎医師（九五）＝さいたま市在住＝は見解を「科学の名を借りた壮大なウソだ」と断言する。「ウソ」の源流には、原爆傷害調査委員会（ＡＢＣＣ）の調査活動があった。（出田阿生）

「ＩＣＲＰの基準など信用できない。その原点は、広島・長崎の被爆者を調べたＡＢＣＣの調査にあるからだ。内部被ばくを考慮しない、うそっぱちの内容だった」。肥田医師は戦後一貫して、そう訴え続けてきた。

一九四五年八月六日。当時、二十八歳で広島陸軍病院の軍医だった肥田医師は、広島市中心部から七キロほど離れた戸坂《へさか》村（現在は同市戸坂町）で爆風に吹き飛ばされた。

市街地に戻る途中、体内から無数のぼろ切れを垂らし、手から黒い水をしたたらせて歩く人影に出会った。ぼろ切れは皮膚、黒い水は血だった。腰まで水につかって川を渡ろうとすると、死体がぶつかっては流れた。

多数の負傷者を治療するうち、爆心地から離れた場所にいた人々が突然亡くなるという不可思議な現象が始まった。

紫斑が出て髪が抜け、大量出血して息絶える。原爆投下から一週間後に市内に入り、夫を捜していた女性は血を吐いて急死した。同様に投下後に市内に入り、肥田医師の腕の中で「わしはピカにはおうとらんのじゃ」と叫び、息を引き取った男性もいた。

肥田医師たちは当時、内部被ばくのことを知らず、そうした症状を「入市被爆」と名付けた。生き延びた患者の間にも、ある日突然体がだるくなって動けなくなる「ぶらぶら病」が多発した。

「こうした健康被害が『内部被ばく』で説明できると知り、長年の疑問が解けたのは三十年後。米国の（アーネスト・）スターングラス博士の研究に出会ってからだった」と肥田医師は語る。

米ピッツバーグ大名誉教授である同博士の著書では、外部被ばくとは別に「食べ物や水を通じて体内に放射性物質が入ると、低線量の被ばくでも健康被害が出る」という内部被ばくの危険について解説されていた。

ＡＢＣＣはそもそも、調査対象を爆発による爆風・熱線・初期放射線による被害に限定し、入市被爆者を対象から外していた。肥田医師は「じわじわと人間をむしばむ、残留放射線による内部被ばくが無視された。そんな調査から導かれた数値を被ばく防護基準にするなんて、めちゃくちゃもいいところ」と憤る。

当時、担当していた患者に頼まれ、ＡＢＣＣの施設に付き添った。患者は原爆が爆発したとき、広島市内にいなかったとＡＢＣＣ側に伝えた。すると「被爆者ではない」と門前払いされた。

ＡＢＣＣの真の狙いは原爆の殺傷能力を調べることだったと肥田医師は語る。治療は一切せず、被爆者の体液や組織を採取。亡くなると、遺体の臓器を取り出し、米陸軍病理研究所に送った。

（注）ＡＢＣＣ　原爆の人体への殺傷能力を調べた「日米合同調査団」が前身。米軍・米原子力委員会が主導し、全米科学アカデミー・学術会議に設置した「原子傷害調査委員会」（ＡＣＣ）の日本での現地調査機関として設立された。一九四七年から調査開始。放射線の遺伝的影響などを調べた。

肥田医師は「あのとき治療に挑んでいたら、放射線障害に対する医療はその後、格段に進んだだろうに」と悔やむ。

ただ、治療はおろか、終戦後の占領下では日本の学会が放射線被害を調査、研究することすら禁じられていた。

現場にも情報は来なかった。肥田医師も四六年ごろ、「原爆被害は米軍の機密なので外部に出さないように、との厚生大臣の通達があった。被爆者のカルテは記入しないように」と、勤務先の院長から指示された。

「広島・長崎の被爆者は呼吸や飲食で体内に入った放射性物質の影響で、六十年以上たった現在もガンやさまざまな病気に苦しめられている。今回の福島の事故後、政府は『低線量の放射性物質は健康に影響しない』と言い続けているが、内部被ばくはどんなに微量であっても影響がある」。

そのことは「フクシマ」の将来に重なる。

「低線量内部被ばくによる健康被害は数年後に出てくる。治療方法はまだ見つかっていない。だからこそ政府が予算を組み、原爆医療をしてきた人たちを中心に、大学医学部に拠点を設け、被ばく者を受け入れる態勢を整えなければいけない」。

> ＡＢＣＣは一九七五年に財団法人・放射線影響研究所になる。その元理事長、故重松逸造氏はチェルノブイリ事故で国際原子力機関（ＩＡＥＡ）の調査団を率い、放射能の健康影響は認められないと報告。ベラルーシなどの代表から強く抗議された。フクシマはどうか。事実を埋もれさせてはならない。（牧）

（二〇一二年四月二十一日付東京新聞朝刊）

オリンピックの陰で　（二〇一二年十月・53号）

オリンピックの熱狂に隠れて消費税増税と原発の動き

昨日、八月十日、衆議院で消費税増税法案が可決された。二〇一四年四月から消費税が八％になり、一五年十月から十％になるという。十三年秋の段階で国家の経済成長率が二～三％になっていなければ実施できないという保留条項があるが。この増税は民主党が二〇〇九年の総選挙で掲げたマニフェストでは、「しない」とはっきり宣言していたことであり、国民への裏切りである。こんなことが平気で行われるならば、総選挙自体が意味を失う。民主党は、次の総選挙ではこの裏切りで断罪されることだろう。断罪されなければならない。

この法案可決までの政界の動きは、まさに下劣な「政局」だった。自民党と公明党は本心では消費税増税を望んでいる。しかし、国民の反対が怖くて自分では提案したくない。民主党政権にやらせておけば、泥を被るのは民主党である。財界、経済界でも増税を熱望している。なぜなら、増税の理由は社会保障と税の一体改革なのだが、それは表向きの理由づけで、本当は防災や経済力増強に名を借りた巨大な公共工事（ほとんどはコンクリート工事）をしたいからなのである。軍備増強も計算に入っている。

しかも自民党は、民主党政権が評判の悪いいまのうちに総選挙をして、政権を奪取したい。だから、増税法案可決に協力するのと引き換えに、国会解散、総選挙を速やかに実施することを野田首相に約束させようとしたのである。野田首相はどうしても増税法案を成立させたい。それで「近いうちに」というあいまいな言い方で成立させてもらったのである。

この一連の下品なごたごたは毎日のテレビ、新聞を賑わしてきたが、肝心の社会保障の改革と子ども関連の改革の議論は、まったく進まなかった。これは政治ではない。政治家たちの、政治家としての質の低さ、人間としての質の低さを改めてさらけ出したのである。

三党の党首会談が行われ、「三党合意」なるものが成立して、法案を可決した。しかしこれをするならば、三党が民主、自民、公明と名乗って党を作っている意味がないではないか。戦争中は「大政翼賛会」というひとつの政党しか認められていなくて、軍部の言う通りの法律を作った。それと同じではないか。財界、経済界の言う通りの法律を作った。国民の生活は目のなかにない。自民党から民主党への「政権交代」とはこういうことをするためだったのか。そんなことを、国民が許すはずはない。

新設「原子力規制委員会」の「原子力村人事」

そしてもうひとつ、陰でこっそり進めようとしている危険なことがある。新設される「原子力規制委員会」の人事である。これは政府から独立した、権限の強い委員会なので、その人事は極めて重要である。ところが、政府が国会に提案しようとしている人事案は、ほとんど東京電力福島第一原発の大事故以前の「原子力村」の中枢の人物たちである。委員長候補、田中俊一なる人物は前原子力委員会委員長代理だった人。放射線物理専攻。福島の除染を指導したり、「政府に批判的」という評もあるが、政府の原子力損害賠償紛争審査会では、自主的に避難した人への賠償に異議を唱えた。そして「百ミリシーベルトというのは健康に大きな影響がない」という説の支持者である。元にさかのぼると彼は、アメリカが原爆の殺傷能力を調べるために設立した「原爆傷害調査委員会」（ＡＢＣＣ）の流れをくむ有力者なのである。この点については、「東京新聞、八月九日朝刊」がかなり詳しく報じている。

ほかの四人の委員候補のうち、中村佳代子氏は日本アイソトープ協会主査。この協会は、前記ＡＢＣＣが衣替えした日米合同機関である「放射線影響研究所」（放影研）と密接な関係にある。更田豊志氏は日本原子力研究開発機構副部門長。専門は原子炉安全工学。

この三人の候補者は、「被曝による百ミリシーベルト以下の発がんリスクは科学的に証明されていない」という「不安宥め派」なのである。ちなみに、ほかの二人のうちひとりは、大島賢三元国会事故調査委員、元国連大使。こういう立場の人が、どれほど国民の側に立つ判断ができるのか、大いに疑問である。もうひとりは、島崎邦彦地震予知連絡会会長。専門は地震学。この地震予知連絡会が東日本大震災を予知できず、笑い物になったのはあまりにも有名な事実だ。

そして、新設される「原子力規制委員会」の事務局を担うのは、旧科学技術庁の出身者である。科学技術庁こそ日本の原子力発電を推進してきた本家本元である。解体された科学技術庁の出身者が、失地回復とばかりに新設の「規制委員会」を支配しようとしている。

こう見てくると、大きな問題が二つあることがわかる。ひとつは、委員長と委員候補者たちは、「被曝は大して心配しなくていいんだよ」という「不安宥め派」だということ。その延長線上にあるのは、「だから心配しないで原発を使おうよ。電気はいるんでしょう?」という政策である。

官僚が原子力行政を手放さない

そして二つ目の問題は、霞が関の官僚が相変わらず日本の原子力政策を握っているということである。「規制委員会」の事務局を握れば、委員会に提出する資料自体を操作できる。隠すこともできる。あれだけの大事故を起こし、多くの犠牲者がいまだに苦しんでいるのに、官僚は着々と原発を再稼働させる方向に国全体を動かしている。

いま日本に必要なのは、「原子力規制委員会」ではなく、「原子力廃止委員会」なのである。民主党は政権を獲得したとき、「脱官僚」を唱え、各省横断の事務次官会議を廃止し、国会議員を政務官として各省に派遣した。また、国会の委員会での答弁にも官僚が立つことを禁止した。内閣法制局長官の答弁さえ禁じたのである。ところが国会議員と大臣のほうに政府を動かしていく実力がなかったために、この「脱官僚」制度は崩壊した。官僚のほうから見れば、「それ見ろ、自分じゃできないじゃないか」である。そこでいまや、官僚の力をあらゆるところで見せつけはじめているのである。

民主党の国会議員と大臣たちは、いまや官僚のいうがままに動いている。そのことは、野田首相のあらゆるところでの発言を聞くとわかるだろう。すべて官僚の作文のままである。官僚の声ばかり聞いているから、官邸包囲デモのシュプレヒコールは「音」としてしか聞こえないのである。

本誌五十一号（本書九九頁）の「日本を見つめる」にも書いたことだが、敗戦直後には、官僚支配への批判と反省から、「官僚は国民に仕えるものだ」という主張が強くなり、「公僕」という言葉が使われるようになった。アメリカからの輸入語だったが。しかしいまの日本の状況をみると、この言葉は完全に死語になってしまった。それには国会議員の責任もある。彼らに実力がなく、官僚に頼ってばかりいるから、官僚は自分たちが国を動かしていると思いあがるのである。

原子力を使うことは人間としての倫理に反する

日本が今後原子力をどうするのか。この重大な問題の決定に官僚を関わらせたら、元に戻ることは明らかである。ドイツのメルケル首相は、原子力の将来を根本的に再検討するために委員会を作った。そのメンバーは、原子力関係者でなく、哲学者、神学者、社会学者、ジャーナリストたちだったと聞く。「そもそも人間が原子力をいじることは正しいことなのか」を問うたのである。そして、結論は「今後十年間で廃止」だった。原子力問題は倫理問題なのである。

オリンピックの盛り上がりのなかで、ことがこっそり進行している。騙されてはいけない。一人ひとりの声は小さくとも、寄り集まれば大きくなるし、政府も無視しづらくなる。政府の企画した「エネルギー・環境の選択肢」についての意見聴取会や、「パブリックコメント（意見公募）」は、それ自体官僚の作成で、意見聴取会にも「さくら」がいたりしてでたらめだが、施行されてしまっているのだから数で勝たなければならない。ぼくは多くの知り合いに、政府に意見を送るよう呼びかけた。今日十一日の新聞によれば、十二日の締切を前にして、全国から五万二千三百件の意見が寄せられたとのことである。

子どもや子孫に、放射能を遺産として残してはいけない。いまのおとなが頑張らなければならないのである。電気は不可欠だ。しかし、現代生活であまりに贅沢に電気を使っていないか。生活のあり方を考え直すのは子孫のためなのである。そして、自然エネルギーを使っての発電も、もっと工夫できるはずである。そこから新たな仕事が生まれてくる。勇気をもって、根気よく主張し続けよう。

（八月十一日記）

八月二十七日付の内閣府発表によれば、パブリックコメントは最終的には八万九千百二十四件となり、うち八十七パーセントが原発ゼロシナリオを支持するものだった。これは政府には大きな圧力であるにちがいない。特につぎの総選挙を意識すれば、完全に無視することはできないはずである。

八月二十九日、参議院で「野田首相問責決議」が可決された。これは弱小な七野党が結束して提案したものだが、なんと自民党は賛成票を投じた。つい二週間ほど前に民主、自民、公明の三大政党が合意して消費税の増税法案を成立させておきながら、自民党は今度は首相の問責決議に賛成票を投じたのである。公明党は退場・棄権したが。自民党の行動は完全に分裂していて自己否定である。

政治行動として見れば、消費税の増税は国民に不評を買うから自分ではやりたくないので、三党合意という形で民主党の責任において成立させた。そうやって民主党に恩を着せて、なるべく早く解散総選挙にもちこみたい。そこで強引に野田首相から「近いうちに」解散するという言質を取った。言質を取ったんだからもういい。今度は「首相問責決議」に賛成しよう。民主党が評判を落としている間に選挙にしよう。

なんとさもしい行動だ。党利党略以外に何も考えていない。その隙に官僚は、原発存続の方法をつぎつぎに考えだしているのである。

（八月三十日追記）

「改憲まっしぐら」をいかにしてくいとめるか　（二〇一三年一月・54号）

二〇一二年十一月一五日。新聞の朝刊には大きな出来事が三つ並んでいた。感動的なのはオマーンで開催されたサッカー・ワールドカップ・アジア予選のオマール戦。一対一で迎えた終盤で、岡崎がゴールを決めた。終了一分前に決めた勝利だった。数年前と比べると、近年の若い選手たちは競り合っても競り負けず、連係プレイを続けて得点できるようになった。選手たちの努力と進歩に心から拍手を送りたい。

そして、森光子さん死去の知らせである。九十二歳の立派な人生だった。舞台でもテレビでも、常に人を納得させる演技を見せてくれた。日本がまだそんなに豊かでない時代から、世の中をなごませる存在だったと思う。

そして、最後は野田首相による衆議院解散、総選挙の宣言である。民主党政権は、この三年間、結局何もしてこなかったというほかない。国民の期待を背負ったあの政権交代は、何だったのか。自民党政権よりもっと悪い政権になってしまったではないか。

衆議院は違憲状態

今回の選挙は、最高裁判所によって、一票の格差が「違憲状態である」と判断されたそのままの状態で実施される。選挙の結果生まれる国会議員も大臣も「違憲状態議員」であり、「違憲状態大臣」なのである。ということは、日本国全体が「違憲状態」で運営されるということである。それなら何のための憲法なのか。そういう日本はもうほとんど憲法をもたない国なのではないか。憲法を軽んじる風潮があるから「改憲」などということが簡単にいわれるのだと思う。

外国から見ても、日本は国会も政府も「違憲状態」なのである。自分の国の憲法を守らない国として軽んじられるのは当然ではないか。領土問題について総理大臣が「法に基づいて厳正に」と宣言しても、「あんた違憲状態総理じゃないの」といって軽んじられる状態なのである。このことを、マスメディアはもっと大声で警告すべきである。

政党が国家主義的、強権主義的になっていく

民主党政権が選挙のマニフェストで明記したことをほとんど実行しなかったことをここで挙げると、それだけで紙数が尽きてしまうので、それは書かない。最大の問題は、民主党政権がだめだったことから、自民党が極めて保守的、右翼的な主張をもった総裁を担ぎだし、同じ主義主張をもった強権主義集団がいくつも生まれつつあるということである。

安倍晋三が自民党総裁に返り咲いたとき、彼は「自分にはやり残したことがある」といった。憲法

改悪のことである。憲法を改定するための「国民投票法」は自民党政権がもう作ってしまった。あとは、改定案を策定し、賛成の国会議員を三分の二募ることだけである。このままいけば、たちまち改悪されてしまう危険が大きい。

橋下・石原の野合の危険性

新聞・テレビは橋下大阪市長と維新の会をもちあげて、第三極などという。しかしぼくは、橋下の教育への不当な介入を見ていると、極めて独裁的な、しかも文化にまったく理解のない、レベルの低い政治家だと思う。人気のもとは、官僚への強い規制力と中央政治への強い批判である。国民の多くは官僚主義に腹を立てているし、中央集権にうんざりしているから、この二つを振りかざせば、必ず人気は出るものである。彼はそれをよく知っている。石原慎太郎が一定の人気をもっているのも同じことである。

ぼくは、いまの橋下人気を見ていると、一九三〇年代にドイツでヒトラーが政権を握っていったプロセスと極めて似ていると思い、戦慄をおぼえる。ヒトラーは一九二三年、南ドイツのミュンヒェンで蜂起し、いったんは失敗したが次第に勢力を拡大したのである。そのころドイツは第一次大戦の敗戦によって貧困のどん底にあり、失業者があふれていた。一方、北にある首都ベルリンでは政党は政争ばかりしていた。民衆の政治への不満と生活への不安は極度に高まっていた。そういう状況のなか、ヒトラーはミュンヒェンで中央の政党と官僚を激しく攻撃し、強いリーダーシップを誇示した。それで民衆の間にヒトラー支持者が急増し、政治的勢力となった。ヒトラー人気に気がついた中央の政党政治家がヒトラーにすり寄ってきて、ナチスが大勢力になったのである。

首都でない大阪で旗揚げし、中央政治への批判と強権的手法で強いリーダーシップを誇示して人気を取る。すると、中央の政治家たちが尻尾をふってすり寄ってきて、次第に勢力を伸ばす。ヒトラーのときと同じではないか。石原慎太郎がもうすり寄って維新の会の代表に収まった。橋下は石原の力が欲しいので、維新の会の「脱原発」の看板を早くもおろして、あれは「さじ加減」といったそうだ。本気で「脱原発」を唱えたわけではないことがばれてしまった。この二人が結びつくことは、非常に危険だと思う。選挙民の厳しい目が望まれるところである。

尖閣諸島問題で対中国関係を悪化させて、その先は

石原慎太郎が、尖閣諸島を東京都が所有者から買うといいだしたので、野田首相があわてて国有化してしまった。それ以来、日本は中国と台湾と対立関係になった。これは石原の望むところだろう。この数年、日本は沖縄県の南西諸島に自衛隊を配置してきた。経済的、軍事的に力をつけてきた中国を警戒してのことである。石原は中国を怒らせ、日本との間に緊張状態を作らせることによって、日本人に「やっぱり軍備をもたなくてはだめなんだ」という気持ちをもたせたいのである。彼は選挙の公約にも「自主憲法制定」をうたい、自衛隊の海外派兵に道を開こうとしている。

どこの国でも、領土問題になると国民全体が国粋主義的になるものである。石原はそれを狙って尖閣諸島に目をつけたものと思われる。なぜなら、尖閣諸島自体は全国的に見ればいつも国境問題として意識されていたわけではないからである。最近は、中国漁船が境界領域に入ってきたといって騒いでいるが、これまでだっていくらでも入ってきていただろう。本来、そんなに大騒ぎすべき問題ではないはずだ。それを、石原の言動とそれにつられた野田首相によって大問題にされたのである。かつて、中国の鄧小平は「あの問題はしばらくあいまいにしておこう」という趣旨の発言をしていたとのことである。国境線はあいまいでいいのだと思う。その土地に住む人間にとっては、線などないのだから。

尖閣問題を梃子にした軍備拡張の主張は今後ますます強まるだろうが、われわれ国民は、国境地域に住む人間の感覚で冷静に考えたほうがいいと思う。

官僚支配が逆に強まってきた

民主党政権が後々にまでマイナスの影響を残すのは、「官僚主導から政治主導に転換する」と宣言していたことである。まず大ナタを振るったのが、省庁の事務次官会議を廃止したことだった。そして、代議士を各省庁に貼りつけて、政務を直接に執行させた。ところが代議士のほうにその実力がなかったので、政務が進まなかった。それで、結局、事務次官会議を復活させ、事務方の力を借りなければ政治が行なわれないことを証明してしまったのである。

こうなれば官僚のほうが威張って、「お前ら、偉そうにいってもできやしないじゃないか」となるのは当然である。現在の政治の運営はまったくその通りになっている。

官僚のやり方でもっとも許しがたいのは、復興予算の金を、ほとんど関係のない目的に使っていることである。官僚の腕前はいかに予算を多く獲得するかにあるので、復興予算というものが生まれたら、あらゆる名目でそれを分捕ることだけを考えるのである。

原子力規制委員会ができた。その人事は国会の承認を受ける決まりになっている。ところが野田首相は、現在は原発事故による非常事態発令中であるという理由で、例外規定を使って、国会承認なしで人事を決定してしまった。この悪知恵は官僚が考えだしたに違いない。民主党の「官僚支配打破」というマニフェストはまやかしだった。

今度の選挙でどの政党を選ぶか

これまで、各地に九条の会が生まれ、学習会を開き、社会にも発言してきた。今回の選挙で各地の九条の会が具体的な行動をどこまでできるか。社民党、共産党、みどりの風などの政党が団結できるか。そして、毎週、首相官邸を取り巻いてデモをしている人たちの力がどう結集されていくか、それが鍵だと思う。東京都知事選挙では、宇都宮健児弁護士が立候補した。反原発の人々の力で都知事に当選させたい。日本を明るい方向に向かわせる結果を望む。

今回の選挙で重要なのは、護憲と脱原発である。ところが脱原発については、態度をはっきりさせない政党がある。「安全性が確認されたら原発維持」などというのは、原発維持そのものである。原発に安全性などないのだから。「二〇三〇年に原発ゼロ」などという主張は、実は原発維持を狙っているに違いない。本気なら、原発廃止を即時決定して、代わりのエネルギーにとりくまなければいけないはずである。


（二〇一二年十一月二十二日記）

総選挙と都知事選挙の結果

即日開票の結果が報じられている。護憲、脱原発、反消費税、反TPP勢力惨敗である。ぼくは愕然としている。これからは憲法を改悪し、国防軍を作り、原発を動かし続ける政府と闘っていかなければならない。尖閣諸島をめぐって中国と緊張状態を作りだし、そのために必要だと称して軍備増強が進められるだろう。徴兵制度をもちだすかもしれない。

東京都知事選でも、石原都政を継承する人物が当選した。福島ではまだ十六万人の人が自宅に戻れないでいるのに、四千億円を使ってオリンピックをするつもりなのか。都内で七千人の子どもが保育園に入れず、その親たちは働きたくても困難な状況にある。それを放置するつもりなのか。

日本を戦争から守ってくれて、人権擁護の砦となっていた現行憲法は風前のともしびになってきた。第二次世界大戦の多大な犠牲によってやっと獲得した平和憲法をこれからどうやって守っていくか。国民はいま、戦後最大の危険に、覚悟を決めて立ち向かっていかなければならなくなってきた。

（十二月十六日追記）

世界の信頼を失いつつある日本　（二〇一三年十月・57号）

ブーヘンヴァルト強制収容所跡

夏、七月最後の土曜日に成田空港を飛び立って、グリム童話研修の旅に出た。全国で開講している昔ばなし大学の二十回目の研修旅行である。グリム兄弟の足跡を訪ねる旅なのだが、私は旅の終わりにはグループをワイマールまで案内する。ワイマールはゲーテとシラーの住まいが残されているばかりでなく、第一次世界大戦後の一九一九年にワイマール共和国が誕生し、人類史上最も民主的なワイマール憲法が制定された町だからである。だがその憲法も一九三三年にはヒットラーによって無力化され、あの独裁政治へと突き進んだ。ワイマールはいわば悲劇への入り口の町でもある。

ワイマールの町に入る手前、数キロのところにブーヘンヴァルト強制収容所跡がある。私はグループを必ずそこへ案内する。入り口の鉄格子の上に　Jedem das Seine という言葉が組みこまれている。「各人に、そのふさわしいものを」という意味である。つまり、汚れた血のユダヤ人には、それにふさわしい運命をという意味で、ユダヤ人殲滅の言葉である。それが、いまでもそのまま入り口に残されている。

鉄格子をくぐって中に入ると、広大な敷地には何もない。そこは何もない墓地なのである。生命の消されたところという意味で無の墓地なのであろう。木造のバラック収容棟が五十棟ほどもあったのではなかろうか。それらは、解放後、伝染病を防ぐために直ちに焼却されたとのことである。墓碑はほとんど地面の高さに横たえられている。敷地の一角には死体の焼却炉と高い煙突が保存されている。

ドイツ国内にはこのような強制収容所跡があちこちに保存されている。特に南ドイツでは「強制収容所跡」の道路標識をしばしば目にする。

ドイツでは、ヒトラーの指導の下で自分たちが犯した人道上の罪を隠そうとしない。過去の過ちをはっきり認めて、二度とその過ちをくり返さないことを世界に約束している。ヒトラー賛美を禁止する法律もある。

ドイツ人のこういう行動を支えているものは何か。私はいつもそのことを考える。そして、それは精神の強さなのではないかと思うのである。過去に犯した罪を真正面から認め、二度と犯さないことを決意し、それを世界に対して約束する。約束の証として、忌まわしい過去を具体的な物として保存しておく。それには相当な精神の強さが必要である。

安倍首相の八月十五日の式辞

日本では八月十五日を「終戦の日」と呼ぶ。私には、それは「敗戦の日」だった。あのとき、日本中の人間が敗戦と思った。それなのに、いつのまにか新聞やラジオでは「終戦」といわれるようになり、いまではそれが当たり前の言葉として通用している。これはごまかしである。あの戦争は自然に「終わった」のではない。日本は無謀な戦争を起こして、最後には「負けた」のである。ところが、「終戦」といいかえることによって、「戦争はなんとなく終わったのだから、戦争したことへの責任は問わなくていい」という気分にさせられている。あの無謀な戦争を指導した人物たちへの、日本国民による責任追及はいまだに起きていない。

そういう状況のなかで、自民党は七月の参議院選挙で大勝利を収め、安倍首相は遠慮なく本心をいえると思っている。

「あなた方の犠牲の上に、いま私たちが享受する平和と繁栄がある」。犠牲を強いたのは誰なのか。日本政府ではないのか。その反省はまったく感じられない言葉である。しかも、犠牲になったのは日本人だけではない。アジアの約三千万人が犠牲になったのである。加害者であったことへの反省がまったくいわれていない。

一九九三年の細川首相以来、歴代の首相はアジア諸国に対する加害責任の反省と哀悼の意を述べてきた（細川首相までの歴代首相はそれを述べてこなかったこと自体、問題なのだが）。

第一次安倍内閣の二〇〇七年の式辞でも安倍首相は、細川以来の首相と同じく、「アジア諸国の人々に対して多大の苦痛と損害を与えた」と述べたし、「深い反省とともに、犠牲となった方々に謹んで哀悼の意を表す」とも述べていた。それと並べてみると、今回の式辞が極めて内向きな、傲慢な発想に満ちていることがわかる。

たった六年間なのに、この変化はなぜ生まれたのか。安倍首相にこの発言を許したのは、七月の参議院選挙における大勝であったことは間違いない。しかし、ここでは、今回の式辞に対する韓国と中国の反応に注目したい。

韓国では八月十五日を「光復節」という。日本植民地からの解放を祝う日である。その記念式典での演説で、韓国の朴大統領は、最近の安倍首相および閣僚たちの言動に対して、「過去を直視する勇気と相手の痛みに配慮する姿勢がなければ未来への信頼を築けない」と批判した。ドイツのように歴史を直視することを強く求めたのである。

中国でも中央テレビが、安倍首相が玉串料を奉納し、閣僚二人が靖国神社に参拝したことを速報し、「安倍首相は平和憲法の改修を狙い、右傾化を強めている」とコメントした。

韓国と中国は安倍首相の改憲姿勢と外交姿勢に強い懸念をもっている。「従軍慰安婦」問題も解決していない。世界中が知っている事実を日本は認めようとしない。「南京大虐殺」についても、当時からドイツの記者たちが報道していて世界中が知っているのに、日本では「あれはでっちあげだ」と主張する一派がいる。これでは世界で信頼は得られない。

加えて、安倍内閣の麻生副総理が、憲法を変えるには「ナチスの手口を学んだらどうか」といったという。彼はすぐに発言を取り消したが、「ナチスの手口を学んだらどうか」という言い方は、世界では取り消せばすむことではない。ドイツではナチスを賛美したり、ハーケンクロイツを掲げることは法律で禁じられているのである。副総理がこういう発言をするということだけで、世界は日本に疑いの目を向ける。何しろ、第二次世界大戦で、日本はヒトラー・ドイツの同盟国だったのだから。世界はそれを忘れてはいない。

精神の強さと弱さ

ドイツという国の精神の強さに比べて、日本という国が過去の過ちを消したがるのは、精神の弱さといわざるを得ないと思う。過去を認めることに耐えられないのではないか。私はそれが日本人全体の性質だとは思わないが、戦後の政治家たちについてはいえると思う、残念ながら。そういう政治家集団を支えてきた人びとについても同じことがいえると思う。

精神の強さと弱さといわれてもわかりにくいかもしれない。それは出来事のほうから説明したほうがいいに違いない。

一九四五年、日本とドイツはともに敗戦した。その後ドイツは、人類に対する過去の罪過を明確に反省し、その証しとして、強制収容所を保存・公開している。そしてヒトラー賛美やハーケンクロイツの掲揚などを法律で禁止してきた。歴史的に紛争をくり返してきた隣国フランスとは完全に友好関係を築き上げた。そして、いまではEU(ヨーロッパ連合)の中軸となり、フランス、イギリスとともにヨーロッパ全体の牽引役をしている。

ひるがえって日本はどうか。アジアで三千万人の犠牲者を生んだあの戦争の指導者たちを、「国のために命を捧げた英霊を祀る」靖国神社に合祀し、そこに国務大臣が参拝し、総理大臣はポケットマネーで玉串奉奠をする。自費だからいいと独り決めしているが、外国から見たら首相の参拝と同じ。これでは誰が見ても戦争責任を感じているとはいえない。

「従軍慰安婦」についても、それを認めようとしない。これは韓国などに生きている証人が何人もいるのだから隠しようがない。すると、「あれは軍が直接関わったことではない」とか「従軍はしたが、それは民間業者がした仕事であった」などなど、見苦しい言い逃ればかりしている。こんな言い逃れで世界が納得するわけがない。早くから世界に知られている歴史的事実なのに、それを認める勇気がない。認めたら責任を追及されると恐れるのであろう。責任を引き受ける強さがない。韓国の団体がアメリカに従軍慰安婦の像を建立した。日本のマスコミは、「韓国はこんなけしからんことをした」という論調で報道していた。だがあの銅像を見て世界の人たちが思うことは、「日本はいつまで過去の恥ずべき行為を認めようとしないのだろう」ということであるに違いない。日本という国への世界からの信頼は落ちるばかりである。

「南京大虐殺」についても同じである。あの大事件は当時すでに同盟国ドイツの記者が本国に報告していた。小学校四年生だったぼく自身、北京の陸軍病院に見舞いに行ったとき、傷病兵から直接聞いた。傷病兵たちは南京攻略の話のなかで、「ちゃんころめがけて機関銃をめちゃくちゃ撃ちまくった」とか「毒ガスでみんなやっつけた」などと、得意になって話していた。あれはいま「南京大虐殺」といわれている殺戮の一場面だったのだと思う。

ところが現在では、犠牲者の数が三十万人か、三万人かという数の議論になっていて、大虐殺という反人類的行為への反省になっていない。それればかりか、そういう反省は「自虐的」であるとする主張が強い。ぼくは自虐的という主張は、精神の弱さの裏返しだと思う。過去に犯した罪過とまともに向き合い、責任を引き受ける精神の強さがないのである。

この精神の強さのあるなしによって、戦後六十八年たったいま、日本とドイツとでは、世界から受ける信頼度に大きな差が出てきてしまっている。

日本はいまだに韓国とも中国とももぎくしゃくした関係にある。いまは首脳会談さえできない。国内では韓国人に対する罵詈雑言がまかり通っている。いくつかのマスコミはそれをあおっている。中国憎悪をあおる政治家もいる。

その大元締めが、安倍首相の八月十五日式典での式辞なのである。戦争の加害責任には一言も触れず、ほっ被りしている。だがそれは世界には通用しない。世界からの信頼はどんどん失われていることを知るべきである。

（八月二十二日記）

こうした状況のなかで、首相と五輪関係者は、福島第一原発事故による汚染水は港湾内で完全にブロックされていると強弁し、原発被害者を無視して、東京五輪を獲得した。世界に偽りの宣言をして、オリンピックを獲得した国がかつてあっただろうか。

（九月十一日追記）

銃後の目と戦地の目　日本の現在の位置を知るために（二〇一四年四月・59号）

安倍首相は靖国神社に参拝し、一国の首相として当然であるという。そして、韓国人たちがアメリカで日本の従軍慰安婦を糾弾する祈念碑を建立することを強く非難している。ご丁寧に、世界各国に駐在している日本の大使に、それぞれの国のメディアや外交当局にこの安倍首相の主張を伝えさせているとのことである。日本はますます世界の国々から偏狭な、国家主義の国と思われていく。信頼を失っていくことになる。

ぼくの目から見ると、安倍首相やそれを支えている多くの日本人の意識のなかに、大事なことが欠けていると思われるのである。それは、戦争中の日本軍人たちを銃後（国内）の人間の目でしか見ていないという問題である。

ぼくは昨年末から「メール通信　昔あったづもな」という知人友人宛の不定期の通信を発信しはじめた。戦後生まれの人は、戦争中の日本が具体的にどういう国だったのか知らないだろうから、それを伝えるのはわれわれ老人のつとめだろうと考えてはじめたものである。その第五号で銃後の目と戦地の目の食い違いをとりあげたのだが、基本的な問題なので、一部重複するがここでもとりあげることをお許しいただきたい。第五号の引用からはじめよう。

中国で見た日本の軍人

ぼくは小学校入学の一年前、一九三六年（昭和十一年）、父の仕事の都合で瀋陽（当時の奉天）から北京に移住し、翌年、北京の日本人小学校に入学した。そのころ、北京在住の日本人は約七〇〇人といわれていた。ところが一九三七年（昭和十二年）七月に、いわゆる盧溝橋事件が起き、日中戦争が勃発して、日本軍が北京周辺を制圧すると、日本の軍人、民間人が瞬く間に増えていった。ぼくが一年生のときには一クラスだったが、二年生のときには二クラスになっていた。

日本軍が制圧した北京市だから、日本人は威張っていた。あるとき、ぼくの目の前で洋車《ヤンチョウ》（人力車）がとまり、日本の兵隊が降りてきた、と思ったらそのまま歩いて行ってしまった。料金を払っていないのである。あれっ、と思って見ていると、洋車引きが追いかけていって、手を出した。すると、兵隊は腰のサーベルを半分くらいさっと抜いて、洋車引きをにらみつけた。洋車引きはあとずさりして、何か叫びながら逃げてきた。兵隊はサーベルを鞘に収めると、そのまま行ってしまった。

ぼくは子どもながらに、これはおかしいと思った。料金を踏み倒して、サーベルを抜いて脅かすとは何事か、と腹を立てた。日本の兵隊のいやな面を見てしまった思いで、いまでも忘れられないでいる。

北京には日本軍の野戦病院が開かれた。それは中国で最も権威ある大学とされていた精華大学だった。精華大学は現在でも中国の中心的な大学である。それを占領して野戦病院にしたのであった。日本でいえば、東京大学を占領して野戦病院にしたようなものである。中国の文化人たちは、「なんと野蛮なことだ」と思ったことだろう。

小学三年と四年のころ、ぼくはよく、クラスの友だちと、あるいは母に連れられて、傷病兵の慰問に行った。地雷で片脚を失った兵隊、目をつぶされた兵隊、片腕をもぎ取られた兵隊など、胸がふさがるような病室だった。兵隊たちはぼくら子どもが慰問にいくととても喜んで、ぼくらのまわりを取り囲んでいろいろな話をしてくれた。

ほとんどは戦場での手柄話だった。進軍していって、途中の畑で人が働いていると、それが老婆であれ子どもであれ、必ず射殺したものだ、なぜなら、その老婆がわれわれのことを通報する可能性があるからだ、という兵隊もいた。敵に自分たちの行動を知られたくないためだという。その兵隊は、手柄話として得意になって話したのだが、ぼくは子どもながらに、おばあさんや子どもまで射殺するとはひどいことだと思った。でも兵隊にしてみれば、スパイを働く人間としか見えないのだろう。

もっとすごいことを得意になって話す兵隊がいた。抵抗分子が潜んでいるとみて、ある村に進軍した。ところが撃ってこない。どこかに潜んでいるに違いないが、村を捜索してもそれらしき男はいない。そこで、村人全員に食料を配給するという知らせをまわした。そして、集まってきた村人を一軒の農家に入れて、その農家に火をつけた。農民は大混乱におちいったが、日本兵は外へ脱出した者を機関銃で皆殺しにした。

この話は怖かった。でも、兵隊は手柄なのだから得意になって話した。まわりの兵隊たちも満足そうに聞いていた。ぼくは子どもだったけれど、後で思った。これは人殺しじゃないか。戦争でなかったら明らかに犯罪だ、と戦争への疑問が生まれた経験だった。

南京攻略のときのことを話してくれた兵隊がいた。南京城をめぐる攻防は激しく、なかなか埒があかなかった。そこで最後には毒ガス攻撃をしたと得意げに話した。毒ガスは国際的に使用禁止になっていることはぼくも知っていたので、驚いた。だが兵隊たちは、当たり前のように話していた。また、しまいには膨大な数の投降兵がでたので、奴らに溝を掘らせ、その前に一列に並ばせておいて、機関銃で一遍に片づけたもんだといった兵隊もいた。これは具体的に場面を想像してみるとすさまじい場面である。後に、南京大虐殺として国際的に糾弾された事件の一部だったのだと思う。

こういう話を、みんな手柄話として得意満面で話して聞かせるのであった。ぼくらはこわごわ聞いた。それでも、後から、「これは普通のときならば犯罪じゃないか。戦争だからいいのかなあ?」という疑問はいつも抱いていた。

一九四一年(昭和十六年)五月、ぼくたち家族は日本へ引き揚げ、東京府の立川市に住むことになった。そのころ、戦地に対して国内のことを「銃後」と呼んでいた。明らかに軍国主義国家の生んだ呼び方である。(「昔あったづもな」からの引用終わり)

ぼくは戦地である中国にいたために、戦地での日本軍人たちの生の姿を見聞きしていた。中国人もその日本軍人の姿を見ていたのである。ところが日本へ帰ってきてみると、銃後の生活はまったく別物だった。みんなお国のため、天皇陛下のためといって自己を犠牲にして働き、贅沢は敵だという標語のもと、慎ましく暮らしていた。そして父や、夫や息子に召集令状がくると、死地に呼び出されることを承知しながらも、「お国のために命を捧げることができて光栄です」とかいって、涙をこらえて送り出していた。召集令状は赤い紙だったので、通称、赤紙といわれていたが、赤紙を受けとった男たちも、「お国のご恩に比べれば、私の命は鳥の羽の様に軽い」とかいって、愛する家族に別れを告げて軍隊に入っていった。

ぼくがいた立川の駅での見送りも盛大だった。女性は「大日本国防婦人会」という白いたすきを肩に掛け、もんぺ姿で見送った。しかし、「軍国の母は泣かない」といわれていたので、みんな涙をこらえて、「しっかりやってこいよ」といって送り出した。愛する父、夫、息子、恋人を死地に追いやるのはどんなに辛かっただろう。だがそれはいわず、ひたすら「武運長久」を祈るだけだった。

送り出したあとは、ときたま「慰問袋」を送ることができた。手紙を入れ、好きな食べ物を入れ、お守りを入れた。「千人針」というおまじないの手ぬぐいもよく送られた。

一九四三年ころからは銃後の生活も、アメリカ軍の空襲や艦砲射撃で苦しめられるようになった。家は焼夷弾で焼かれ、海岸に近い都市は艦砲射撃でひどい損害を受けた。銃後の国民が直接の被害者になっていった。沖縄の人たちは地上戦で凄惨な苦しみを受け、たくさんの人が命を落とした。そして広島と長崎に原子爆弾が落とされて、数十万人が殺された。書けば切りがないが、愛する者を日本軍の軍人として送り出した。そして、国民のなかに無数の死者を出した。それは本当に悲しい、苦しい経験だった。だがこれは日本の銃後の目で見たあの戦争である。

一方、戦地で日本軍がしたことは、先の引用でほんの一部だけを紹介したが、銃後の目が見たものとはまったく別物だったのだ。愛する者から引き離されていった日本軍人は、戦地ではなんと鬼のような行為をしていたのである。この強烈な分裂、あるいは乖離を見つめることはわれわれ日本人には辛いことである。だが、それを見つめて、そこから国のあり方、外国とのつきあい方を考えていかなければ、いくら首相が「誠意をもって説明すれば分かって貰える」といっても、世界では通用しない。なぜならば、世界は銃後の日本人が見ていた父、夫、息子、恋人を見ているのでなく、戦地での日本軍人の行為を見ているからである。

近頃、従軍慰安婦について、大阪の市長やNHK会長が、「戦争中はどこの国でもやっていたこと」という趣旨のことをいっているが、こういう軍隊の行為についても「戦争中はどこでもやっていること」という主張をする人間がいるかもしれない。それは愚かな発想なのだ。こういう過去の事実からわれわれが学ぶべきことは、「人間から人間性を奪う戦争は絶対にしてはならない」という強い反戦の思想ではないのか。

ぼくは仕事上、ドイツと関係が深いのだが、ドイツは日本と同じ敗戦国である。ドイツは国家として、自分たちが犯した罪を隠していない。本誌五七号（本書一二八頁）に書いたとおり、強制収容所を自己への警告としてあちこちに保存し、公開している。それはまた、二度とあの国には戻らないという決意を世界に対して表明する物証でもある。ドイツの首相から「ドイツを取り戻す」という恐ろしい言葉は決して聞かれない。ドイツの首相は決してヒトラーの墓に詣でない。そもそもそんな物はないのだが。

「お国のために尊い命を落とされた方々を参拝するのは、どの国の首相もすることだ」と安倍首相はいう。そして、そのことを「誠心誠意説明すれば理解は得られる」という。だがそれは、首相が銃後の目だけであの戦争を見ていることを暴露している。アジアの人たち、そしていまでは世界の人たちが、戦地での日本軍人の行為を知っていて、それへの反省がないと批判しているのである。

全体主義国家への下り坂にさしかかっている（二〇一四年七月・60号）

自主規制が恐ろしい

近頃、地方自治体が、護憲集会とか反原発集会に対して会場を貸さないとか、後援を断る、内容の変更を求める、などの事実がふえている。四月二十一日午後七時のNHKニュースは、「〝政治的中立への配慮〟が相次ぐ」という題で、地方自治体が市民の講演会や展示会に対して会場の提供を拒否したり、後援を断ったりすることがふえていると報じた。

この調査は都道府県の県庁所在地と政令指定都市、それに東京二十三区の合計百二十一自治体についてのものだそうだ。その内容は、施設の貸し出しを断ったものが奈良市で二件、内容の変更を求めたのが東京都、足立区、福井県、福井市、京都市の五自治体で六件あったそうだ。会の後援申請を断ったものが札幌市、宮城県、長野県、茨城県、千葉市、静岡県、堺市、京都府、京都市、神戸市、大津市、岡山県、鳥取市、福岡市の十四自治体で二十二件あったとのこと。全国的に中小の自治体を調べれは遙かに多い数になることだろう。

内容的には、憲法に関すること十一件、原発に関すること七件。そのほかには社会保障の問題、税金、介護、ＴＰＰ問題などがあったそうだ。いずれも市民にとって切実な問題である。

これまでは珍しいケースとしていくつか報道されてきたが、これほど多くの自治体が市民の活動に制限をかけてきていることに、ぼくは驚くとともに危機感をもった。地方自治体は国の行政機関であるから、政治的偏向があってはならないが、逆に市民の活動に制限を加えることも許されないはずである。

公務員は公僕である

日本は一九四五年の敗戦以来、民主主義国家としてやってきた。主権は国民にあり、国の行政機関の職員は「公僕」であると強調されてきた。それは敗戦以前の日本では行政機関の職員である官僚が国民を支配し、統制してきたことへの強い反省から生まれた考え方であった。行政機関は国民へのサービスをする機関であるという考え方が強調されてきた。しかし戦後六十九年経ったいま、「公僕」であるはずの職員が、「役人」として、「官僚」として、また国民を支配しにかかっているのである。

そういえば、近頃は「公僕」という言葉自体、まったくといっていいほど、聞かれなくなった。

憲法や原発に関する市民の会合に場所の提供を拒否したり、後援をしなかったりすることは、地方自治体を総括する総務省の指示ではないかもしれない。おそらく総務省からの指示は、「政治的偏向のあるもの」とか「社会に不安を呼び起こすもの」とかいう大きなくくりであろう。それを受けて、末端の職員が、「これは政治的だから」とか「これは世間でさまざまな意見があるもの」という具合に判断して、許可を出したり、出さなかったりするのであろう。

具体的な判断が末端の職員に任されているのは当たり前なのだが、恐ろしいのは、末端の職員が上からの指示を先取りしたり、拡大解釈することである。係長は課長の意図を推しはかって安全な方向に舵を切り、課長は部長の意図を推しはかって安全な方向に舵を切る。こうやって上へ上がっていく。そして結局は担当大臣の意図が推しはかられ、総理大臣の意図が推しはかられることになる。

つまり、現在の政治状況でいえば、安倍首相の意図が推しはかられて末端で実行されていくのである。

それは何かといえば、解釈改憲の邪魔になるような集会はなるべくさせないようにすること、原発問題の議論が盛り上がるような集会はさせないこと、特定秘密保護法への抵抗を呼びかけるような集会はなるべくさせないこと、等々である。一言でいえば、末端の公務員は総理大臣の顔色を見て、市民とつきあうのである。

敗戦までの日本では、役人たちは生きていくためには常に周囲に気を配り、上司の意図を忠実にくみ取って、自分の判断を国家権力の実現であるかのように振る舞って、国民を締めつけたのだった。

これが進んでいったら、もう止めることはできない。大事なことは、国民の一部である自治体職員が、市民としてのセンスで会場問題、後援問題を考えることである。また、市民のほうでも、会場や後援を断られても「ああ、そうですか」と引き下がらないことである。

そういう努力を積み重ねないと、日本は全体主義国家に戻ってしまう。安倍首相はそういう「日本を取り戻す」と主張しているのだから。

密告制度の復活か

ここまで書いて、今朝（五月九日）の東京新聞を見たら、なんと生活保護費の不正受給に関する情報を住民から募る専用電話が、全国の自治体で開設されつつあるという。不正受給がふえているので、行政だけでは把握できないから住民からの情報を求めるのだそうだ。これは正に密告制度ではないか。これも総務省からの指示ではないかもしれない。末端の自治体職員、つまり公務員が考えだしたものではないだろうか。「民生委員の人数が足りないから住民に情報を提供してもらおう」。これは住民が互いに監視しろという制度である。戦争中の「隣組」を復活させることになる。

だが、それは話が逆である。担当部局は、民生委員の数をふやすべく予算を獲得すべきなのではないか。住民のほうも、密告まがいの協力をするのでなく、予算要求への圧力をかけるべきではないのか。そしてマスメディアはただ単に報道するだけでなく、それを援護する論陣を張るべきではないのか。

「厳正中立に事実を報道する」の危なっかしさ

全体主義国家への下り坂に差しかかっている日本にとって、いま、マスメディアは下り坂を転がり落ちる方向へ重要な役割を果たしている。　政権側の発言を事実として伝えることによって、大きな下支えをしているのである。

例えば、ニュースのなかで、「安倍首相が、隣でアメリカの艦船が攻撃されたとき、日本はただ見ていていいのか。だから集団的自衛権が必要なのです、と発言しました」とアナウンサーが話したとする。それは安倍首相の発言という事実を伝えている限りでは正しい。しかし、この考えに対して政治家や国民の厳しい批判があることも事実である。ところが、ニュースはその事実は伝えない。

特定秘密保護法に対する強い反対がある。原発の再稼働に対する強い反対が国民の間にはある。反原発の座りこみもある。だがほとんどのマスメディアは、社会の動きの事実にはほとんど目を閉じている。ひたすら、安倍首相とその取り巻きの発言を「事実の忠実な報道」として報道しているのである。これは極めていびつな状態になっていると思う。

日本でこのいびつな状況を可能ならしめているのは、「報道は厳正中立でなければならない。事実だけを報道しなければならない」という、一見もっともな思想である。この思想も、戦争指導に引きずりまわされて悲惨な経験をし、悲惨な結末を迎えた敗戦後生まれた思想だが、報道する事実とは、権力側の事実のみになっているということを、国民が見破っておかないと危険なことになる。

われわれ日本人はまじめで、素直な国民である。だから軍国主義者たちに容易に引きずりまわされたのだが、「報道は厳正中立でなければならない」という言い方をされると、これもまともに受けとってしまい、「報道というものはいつも厳正で中立なものである」と受けとってしまった。報道の内容を信じて疑わないのが普通になってしまった。ところが権力者たちと、それと親密な関係があるマスメディアは、国民のその信じこみをうまく利用して、世の中の風潮を巧みに操って、原発再起動やむなし、自国を守るためには集団的自衛権が必要という風潮を作りつつあるのである。いまはその傾向が特に強くなってきていると思う。

東京オリンピックについても疑問を許さない報道ぶり

二〇二〇年の東京オリンピックが決定したときも、ほとんどのマスメディアは両手を挙げて賛成し、賛成意見のみを報道した。一方の事実を報道したのだろうが、現実に存在する問題のほうにはほとんど目を向けなかった。東京オリンピックに疑問をもつことを許さないような、徹底的な讃美報道ぶりだった。あの時点で十六万人の人がまだ仮設住宅で暮らしているということを、国民の頭のなかから消し去るような熱狂的な報道ぶりだった。爆発した東電福島第一原発の後処理が進んでいないことも忘れさせるような報道ばかりだった。東京でオリンピックを開くこと自体が、原発問題から国民の目をそらす方策だったが、マスメディアはそのことを暴かなかった。

そのうえ、大都市東京が長年守って来た明治神宮周辺の広い空間と緑を完全に消し去る巨大国立競技場を、いまでも無批判に賞賛している。この破壊的巨大施設に対して著名な建築家たちが批判し、代案を提示しているのに、ほとんどのマスメディアはとりあげていない。「厳正中立に事実を報道する」という原則を本当に忠実に守るなら、この代案提出の事実も同じ大きさで報道しなければならないはずである。ジャーナリズムは、世の中の傾向が一方に傾きそうになったときこそ、反対方向からの報道をするべきではないのか。

ジャーナリズムの役割

ジャーナリズムは、ただ出来事を報じるだけでなく、自治体が会場や後援を断ることの不当性を追及し、密告制度につながる専用電話の廃止を主張するべきだし、政権側の意向をただ報道するだけでなく、国民の批判、反対意見を同じ分量で、同じ尊重度で報道するべきなのである。

安倍首相の、「(全体主義) 日本を取り戻す」という野望に、末端の公務員もジャーナリズムも加担してはいけない。庶民の力ではねのけよう。ジャーナリズムも踏ん張り所である。もうすこし進んでしまったら、もう阻止できなくなってしまうだろう。ボールは下り坂を転がりだしたら止まらない。昭和のはじめ、そうやって、あの息苦しい日本がいつのまにかできてしまったのである。

過去の記憶を残そうとするドイツ、消そうとする日本　（二〇一四年十月・61号）

ブーヘンヴァルト強制収容所跡

グリム童話研修旅行と北ドイツの旅に行ってきた。グリム研修旅行の最後に、ぼくは、ワイマール憲法で知られるワイマールに一行を案内することにしている。日本の平和憲法の模範となった民主憲法を生んだワイマール共和国時代（一九一九―一九三三）の首都だからである。だがそのワイマール共和国は、わずか十四年でヒットラーによって打倒され、あの悲惨なナチス時代に雪崩れこんでいくのである。それを思うと心のふさがる町である。

だが、ワイマールの町に入る手前で、ぼくは一行を「ブーヘンヴァルト強制収容所跡」へ案内する。このことは前にも書いたのだが、今年も実行したので触れておきたい。

ブーヘンヴァルト（ブナの森）に入ると高い「警告の塔」が左手にそびえている。これには「一九四五」とローマ数字で書かれているから、共産主義政党が建てたものに違いない。ドイツは一九九〇年に再統合し、共産主義政党は消滅したのだが、現在のドイツ政府もこの「警告の塔」はそのまま保持している。

この塔を過ぎると、右手に当時のいわゆる「囚人」たちを乗せてきた貨物列車の終着駅跡がある。

行き止まりのプラットフォームと線路の一部が残されているのである。痛ましい生命の終着駅。

収容所の入口の上の大きな時計は午後三時十五分で止まっている。一九四五年にソ連軍がここに到達した時刻なのだそうだ。鉄格子の門には、「各人に、そのふさわしいものを」という言葉が残っている。「汚れた血のユダヤ人どもには、それにふさわしい仕打ちを与えるのだ」という意味である。ユダヤ人を絶滅しようと考えた狂気の言葉である。

中に入ると、広大な敷地には何もない。バラックの収容棟が立ち並んでいたそうだが、占領したソ連軍が、伝染病を防ぐために直ちに焼き払ったとのこと。いまは、見渡す限り何もない墓地なのである。右の隅に死体を焼いたという焼却炉と煙突が残っているだけ。あちこちのバラックの跡に低く横たえられた石碑がある。ポーランド人犠牲者の碑、ユダヤ人犠牲者の碑、ジプシーといって差別されたロマ人、シンティ人たちの碑などである。その間を歩いていくと、苦しんで死んでいった人たちの霊がそこらじゅうにいるような気配を感じる。

ぼくら一行は小一時間、収容所跡を見てバスに乗った。すると二十分ほどでワイマールの町に入る。ぼくはいつも、ほんとに考えこんでしまう。

ゲーテが「ファウスト」をはじめ人類の財産となった作品を書き、シラーがあの「歓喜に寄す」という詩を書き、ベートーヴェンがそれによってあの人類普遍の「第九交響曲」を書いたのは、わずか百年前のことではないか。しかも、ゲーテとシラーが住んでいたワイマールとこの強制収容所は、十キロと離れていない。この時代の近さと距離の近さ、そして百八十度の逆方向。

国家は短時間にこれほどまでに変容するものなのか。そう考えると、日本も、平和憲法をもっているからといって安閑としてはいられない、と改めて思ったことである。強い、強い意志と積極的な行動で平和を守らなければならないと。国の平和は内部から崩されていく。日本の現状を見ると、そのことを強く思う。

ベルリンの「ホロコースト警告記念石碑群」

旅の第二週目の最後にベルリンに滞在した。アメリカ空軍の爆撃で破壊されたカイザー・ヴィルヘルム教会の廃墟はまだそのままそびえていた。部分的崩壊があるとかで、修復工事が行われていた。

ベルリン市のど真ん中の広場に、「ユダヤ人のホロコースト警告記念石碑群」ともいうべき広大な石碑群がある。二百メーター四方くらいの広場に、大小の黒い石棺のような石が数百個並べてある。六百五十万人ともいわれるユダヤ人犠牲者を弔う記念碑群なのである。近頃はいたずら書きをする者がいるので、監視員が常にまわっているということだった。

これはナチスドイツが行った人類に対する犯罪への反省として、平和になったドイツ政府が作ったものである。ああいう犯罪は二度と起こさないという決意を世界にはっきり示している。しかも、首都ベルリンのど真ん中の広場に、数百の黒い石棺を並べて、である。

ぼくはここでもまた日本のことを考えてしまった。従軍慰安婦という言葉でいわれている女性に対する犯罪のことは、世界に知られているのに、日本では、まるでなかったかのようにいう人間がいる。南京での大虐殺も世界に知られているのに、あれはなかったのだとか、そんな大虐殺ではなかったのだという人間が、だんだん幅を利かせてきている。

日独のこの違いはどこから来るのか。これはきっと文化人類学的な研究に値する大きな問題なのだろうが、ぼくが直感的に感じるのは、過去の過ちをはっきり反省しようという精神の強靭さと、過去は早く水に流して、忘れてすっきりしようという精神の弱さの違いなのではないか、ということだ。強さ、弱さというレベルを外していえば、自分の結果をはっきり処理するという論理性と、すべては水の流れのようなものよ、として過去を忘れていく曖昧性の違いといえるかもしれない。

だがそれは世界では通用しないと思う。現在日本で起きている中国と韓国とのいさかいは、いつまでも続くことになってしまうだろう。世界という社会の一員としての日本にとって、それは決していいことではないと思う。世界の国々からの信頼はとても得られないと思うのである。

チェックポイント・チャーリー

ベルリンの有名なブランデンブルク門からほど遠からぬところに、東西分割の時代にチェックポイント・チャーリーという検問所があった。当時ベルリンは四地域に分割されて統治されていた。アメリカ、イギリス、フランス、東ドイツ政府である。それぞれの区域が検問所を設けて、通行を厳しく監視していた。一九六一年に東ドイツ政府がその統治区域の境界線に厳重な壁を建設してからは、西ベルリン全体が籠の中に閉じこめられることになった。アメリカ区域と東側の間の検問所はチェックポイント・チャーリーと呼ばれていた。その検問所の詰所が現在でも保存されており、その脇に「チェックポイント・チャーリーハウス」という記念館がある。

久しぶりに行ってみると、そこは大変な賑わいだった。チェックポイントだから、そもそも狭い道である。そこに、肩がぶつかるほどの観光客が集まっていた。聞こえる言葉は様々なので、世界から広く集まってきているのだろう。若者がほとんどだった。

記念館に入るにも、長蛇の列だった。中は詳しい、生々しい展示だった。壁の建設が開始されたころ、建物の二階、三階から西側の道路に飛び降りる人々、それを助ける人々の写真。鉄条網の東と西に分かれてしまった夫婦の夫のほうが、幼ない子を妻に渡す写真。西に脱出するための地下道を掘る人々の写真。土を排出する小さいトロッコの実物。狭い地下道を腹這いになってくる人々の写真。チェックポイントを強行突破しようとした小型自動車の実物。フロントガラスの内側に弾丸除けの鉄板が張ってある。運転者が前を見られるように、小さな穴がたくさん開けてある。だが、その脇に、弾丸が貫通した穴が数個あった。運転者はもちろん射殺されただろう。胸の痛む展示が上階まで続く。

一九六六年、ぼくははじめてドイツに行った。年の暮れに西ベルリンに着いて、ドイツ人の友人宅に泊めてもらったのだが、「一昨日、チェックポイント・チャーリー近くの壁でひとり射殺されたのだ」と聞かされた。東ベルリンの男性が、壁を乗り越えようとしたとき東側からの射撃が命中して、東側に落ちてしまった。男のうめき声が聞こえ、壁の西側では救急車などが待機したがどうすることもできなかった。そのうちにうめき声は消えていった。東側は男をさらし者にして殺したのだ、ということだった。

ベルリンの壁

チェックポイント・チャーリーハウスにも写真が展示されていたが、ベルリンの壁の建設は一九六一年のある日、突然はじまった。最初はレンガを積み上げてコンクリートで固めていく単純な工事だったそうだ。だが終いには西ベルリンをまわりから完全に遮断する強固な壁になっていった。東ベルリンからの脱出者が後を絶たないので、東ドイツ政府は壁の内側に鉄条網を幾重にも張り巡らし、地雷原も作ったということだ。壁とはいうものの、実際は幅百五十メートルにも及ぶ分離地帯だったということだ。

一九八九年に壁が解放され、九一年に東西ドイツの再統合が実現した後、壁はほとんど取り除かれたが、今回訪問して確認できたのは、ブランデンブルク門近くに、壁が約二百メートルにわたって保存されていることであった。ここにも多数の若い観光客が詰めかけていた。

そして驚いたことに、壁が立っていた跡が、二列に並べた石の線で、ベルリン市内の道路に延々と明示されていることであった。壁そのものを一部保存するだけでなく、ベルリン市内中の道路に、広場に、壁が立っていた線を明示する。過去を保存しようという、ドイツ人の強い意志を感じた。

ベルリンの壁は共産主義政権である東ドイツ政府が建設したものである。西ドイツ国民だったドイツ人に責任があるわけではない。東ドイツ国民であったドイツ人にとっては被害の歴史である。だが東ドイツ政府もドイツ人の政府であった。ナチスドイツの場合にも、非人道的な政策を実行したのはナチス政権だが、ドイツ国民は一九三二年の選挙で、ナチス党を第一党にし、翌年には政権をゆだねてしまったのである。その意味でナチス政権の成立にはドイツ人全体に責任がある。

一九九〇年の再統合以来、ドイツ政府が自らの過去について取っている政策は、ドイツ人が人類に対して犯した罪を世界に対してははっきり認め、ドイツ人が苦しんだ過去もはっきり認め、それを忘却の彼方に捨て去らないように、証拠を残しておくことであると思う。もちろん国内にはいろいろな意見がある。ぼくも批判的な意見を直接聞いたことが何度もある。「われわれはいつまで謝らなければならないのか」と。しかし、国全体としてはこの政策はしっかり支持されて、続いているのである。

戦争の跡を消し去ろうとしている日本

自らが犯した人類への罪の証拠をはっきり残しているドイツに感銘を受けて帰国したら、なんと、新聞では戦争の跡を消そうとする動きが各地で起きていることが報じられていた。日本国内で、戦争遺跡といえるものは三万ヶ所あるといわれているが、国や地方自治体によって保護されているのはそのうち二一六件に過ぎないとのこと。しかも近頃では、戦争の加害記述を自粛する動きが強まっているという。

群馬県は、県立公園に建てられた朝鮮人強制連行犠牲者追悼碑の撤去を、管理する市民団体に求めたという。大沢正明知事は、「存在自体が論争の対象となり、憩いの場である公園にふさわしくなくなった」と述べているという。長崎市でも、在日本大韓民国民団長崎県地方本部が平和公園内に計画した韓国人原爆犠牲者慰霊碑の建設が保留になっている。「強制労働と虐待」などの文言に対して、「平和公園が政治目的に利用される」などの抗議が市に対して相次いだためという。埼玉県東松山市の平和資料館では、展示されている年表から「慰安婦」「南京」の文字を削除された。大阪市と大阪府が共同出資する大阪国際平和センターも、加害の歴史を大幅に縮小する計画という。

記念碑だけではない。さいたま市大宮区の三橋公民館では、市民の詠んだ俳句を月報に掲載することを拒否したということである。その句とは「梅雨空に『九条守れ』の女性デモ」というのである。そもそも公民館は住民の学習の自由を保障する責務があるのだから、この俳句の掲載拒否は社会教育法違反である。こんなことがまかり通るようでは、公民館で九条の問題や戦争の問題は話せなくなってしまう。公民館の職員という公務員が、いまの政府の右傾傾向に迎合して、勝手に拒否したのだろう。末端の公務員が時の政府の意向を酌んで市民を抑圧するという構図は、戦争中とまったく同じである。この雰囲気が世の中の空気を決めてしまう。これが一番恐ろしいことなのである。

自らが起こしたあの戦争に対する責任の取り方の、日独のこの違いはどこから来るのだろうか。責任を取らず、水に流すようになんとなく消していく。内向きに、日本国内だけのことならそれでうやむやにできるかもしれないが、世界の国々とのつきあいでは通用しない。

世界のなかに日本という国を置いて考えたとき、これはまったく惜しいことである。日本は、戦後の約七十年間、平和憲法のもとで戦争をしないできた。アジアの国々に、襲ってこない安心な国という信頼感を与えてきた。そして、文化的には世界に通用する人材を生みだしてきた。医学や情報などの科学技術の分野や土木技術の分野などでも、世界に貢献してきた。それだからこそ、アジアの国々、中近東の国々といい関係を結んでこられたのである。特に中近東のイスラム諸国と。

ドイツが国内のあちこちで強制収容所を保存・公開し、ホロコースト警告記念石碑群を首都ベルリンの中心部の広場に並べて過去の罪を反省し、反省の証しとし世界に示しているのに比べて、日本政府が必死になって保存し、首相や閣僚が参拝してその存在を世界に示そうとしているのは、なんと靖国神社である。靖国神社が、天皇崇拝と結びついて、日本の軍国主義の中心装置であったことは世界に知られている。そればかりか、東京裁判でA級戦犯として処刑された戦争責任者たちが合祀されていることも知られている。

これらの事実を冷静に見れば、世界が日本を見る目と、ドイツを見る目がまったく違うことは明らかであろう。それに加えて、従軍慰安婦の問題を引きずっている。日本人はあの戦争への反省をしていないのではないか、という疑いが世界に生まれつつあるのが、現在の状態である。安倍首相はそのことには目をつむって、ひたすら軍事大国への道を突き進もうとしている。経済団体の代表を引きつれて、日本製品の売りこみに諸国を足繁くまわっている。しかも原発の売りこみさえ平気でやっている。だが、ドイツの強制収容所やホロコースト警告記念石碑群を見には行かない。一国の首相として世界の状況を正確に知ることは、まず成すべきことではないか。われわれ日本人には、ドイツから学ぶべきことがたくさんあるはずだ。

（八月十六日記）

アメリカ軍の陣営に参加することは愚かであり、危険である（二〇一五年一月・62号）

安倍首相は、集団的自衛権の行使を可能にすることに躍起になっている。手続きそのものが違憲であることは誰の目にも明白である。

ぼくは違憲問題と並んで、安倍首相が人類の過去の歴史から何も学んでいないことを指摘したい。

安倍首相は「積極的平和主義」という。それは、日本の自衛隊をアメリカ軍にくっつけて、紛争のある地域へ行かせ、「平和を作るために」戦争をさせることである。そして「集団的自衛権」とは、同盟国、つまりアメリカが攻撃されたら、一緒になってアメリカを守ることだという。

アメリカは第二次大戦終了後の七十年間、ずっと戦争をし続けている。一度もやめたことがない。しかも、常に戦争を仕掛けてきたのである。「攻撃されたら」と安倍首相はいうが、アメリカは攻撃されたことは一度もない。九・一一の摩天楼攻撃はあったが、あれはアメリカの攻撃に対する反撃に過ぎない。それ以前のアメリカ軍による攻撃がなかったら起きるはずもない反撃であった。

アメリカはベトナム戦争での手痛い敗北にもかかわらず、次にはアフガニスタン、イラン、イラクへの攻撃を次々にはじめた。フセイン大統領を標的にして、イラクが核を保有しているという嘘をでっち上げてイラク戦争をはじめた。だが、核はなかった。

中東諸国はイスラム教信者の国である。中東にはサウジアラビア、ＵＡＥ、カタールなど、石油資源を媒介としてアメリカと友好関係にある国もあるが、アメリカはアフガニスタン、イラン、イラクなどのイスラム教徒を敵にまわしてしまった。イスラム教徒である民衆を敵にまわしてしまった戦争は終わりがない。民衆レベルではイスラム教対キリスト教の宗教戦争になっているからである。そのことを端的に示しているのが、「イスラム国」を名乗る熱狂的イスラム教徒集団の出現である。

イスラム

ここで、そもそもイスラムとはどういう歴史をもつ宗教なのか、概観しておく。資料は板垣雄三という、イスラム教および中近東についての日本における権威として尊敬されていた学者の記述からの抜き書きである（平凡社刊『世界大百科事典』の「イスラム教」の項）。

イスラムはアラブの預言者ムハンマドが六一〇年に創唱した一神教である。イスラムとは「唯一神アッラーに絶対的に服従すること」を意味する。イスラムという言葉自体が宗教の名だから、イスラム教という必要はない。信者はムスリムといわれるが、それは「絶対的に服従する者」の意である。

ムハンマドの死後、ムスリムは新しい指導者を選び、そのもとで大規模な征服を開始した。軍事的征服と共に、ムスリム商人の活躍があって、勢力範囲を急速に広げた。彼らは、当時から殉教を願って活動していた。

ムスリムの信仰の立場からすると、イスラムは六一〇年に始まったのではなく、天地創造以前から厳として存在しており、神とともに永遠なるイスラムが六一〇年に、神の使徒ムハンマドによって再確認されたのである。

慈悲深い神は、人類を来世の天国に導くため、多くの預言者を地上に遣わした。アダムもノアもアブラハムも、みなこのような預言者であった。神はまた人類の導きのしるしとして、啓示の書をも人類に授けた。モーセに授けられた律法の書（旧約聖書）、イエスに授けられた福音の書（新約聖書）がそれである。しかしムハンマドを通して最後に人類に与えられた啓示の書、つまりコーランが最も正しい。そこでは多神崇拝は絶対に許されない。

イスラムは信仰だけあれば足りるとする宗教ではなく、正しい信仰が行為によって具体的に表現されなければならないとする。信仰の内容と、行為のうち、特に神への奉仕に関わることを簡潔にまとめたものが、六信五行と呼ばれる。

六信とは、⑴アッラー、⑵天使、⑶啓典、⑷預言者、⑸来生、⑹予定を信じること。五行とは、⑴信仰告白、⑵礼拝、⑶喜捨、⑷断食、⑸巡礼である。コーランではジハード（聖戦）が特に強調されている。

コーランにはまた厳格な行動規範がある。孤児の財産をむさぼらないこと、姦淫をしないこと、契約を守ること、秤をごまかさないことなどの倫理的な規定もある。その他、婚姻、離婚、遺産相続、犯罪に関する規定、利子の禁止、孤児の扶養と後見、賭け矢の禁止、豚肉を食べることの禁止、日常の礼儀作法など。コーランは唯一の神とその最後の預言者ムハンマドを信じ、神に仕え、神のよしとする正しい人間関係を結び、来世は天国に迎え入れられよ、と教えている。

ところが預言者ムハンマドが没した後、イスラムは二つの派に分裂した。この分裂ははじめは政治的なものだったが、やがて信仰上の分裂となり、現在に至っている。

スンナ派（スンニ派）は、預言者ムハンマドのスンナ（慣行、範例）に従う人々の意。広くサハーバ（教友）から語り伝えられてきた、いわゆる「ハディース」のなかにスンナは見いだされるとした。シーア派は、預言者ムハンマドのいとこで娘婿でもあるアリーをムハンマドの後継者とみなす諸派。その後継者であるイマームの宗教的権威を強調し、その伝承を通してスンナを解釈する。しかし、第三代カリフのもとでウマイヤ家への権力集中に不満がおこり、ウスマーンが暗殺され、ハーシム家のアリーがカリフにつくと、また暗殺された。シーア派の信者は、全イスラム人口の十分の一と推定されている。

西欧キリスト教会からのイスラム攻撃

エルサレムはユダヤ教、キリスト教、イスラム教の共通の聖地である。特にキリスト教徒にとっては「キリスト受難の地」として、いくつもある巡礼の地のなかで最高の地位を占めていた。西欧のキリスト教諸国は、その地の「聖墳墓」の解放を最終目標にかかげて十字軍を送った。

一〇七一年にエルサレムがトルコ系諸族、つまりイスラム諸族に占領されたのをきっかけに、一〇九五年、教皇ウルバヌス二世が「十字軍宣言」を公表し、フランスを中心とする西ヨーロッパ諸国からエルサレム遠征の大軍団が結成された。

十字軍は大きく分けて三期に分けられる。初期十字軍は十一世紀末～十二世紀末にかけておこなわれ、エルサレム王国（一〇九九～一二九一）を樹立した。中期十字軍は十三世紀前半に行われたが、イスラエル王国の全面的喪失期となった。そして、十四～十六世紀には十字軍の後退期となった。

約五百年の間に、西欧からの十字軍は、エルサレム周辺の広大な地域に絶大な影響を及ぼした。西欧キリスト教徒にとっても、攻撃されたイスラム教徒にとっても、戦争のマイナス面ばかりでなく、互いに異文化との接触となって、新しい世界観を獲得していくことになった。特に西欧キリスト教徒にとっては、これがインド洋や大西洋にくりだしていく大航海時代へと発展したのである。（抜き書き終わり）

その後キリスト教国とイスラム教国とは、永年にわたって、それぞれの宗教的領域で互いに平和に共存してきた。だが、第二次世界大戦終了後、事態は悪い方向へ変化した。

第二次大戦後のアメリカによるイスラム諸国攻撃

第二次世界大戦後、ソ連はアフガニスタンに侵攻したが、イスラム兵士たちの頑強な抵抗にあい撤退した。そのあとを引き受けるかのようにアメリカ軍が侵攻し、泥沼の戦闘になった。タリバーンという勢力が生まれたのもこの時期であった。双方の兵士たちが犠牲になったばかりでなく、無数の住民が命を落とした。当然のことながら、住民たちはアメリカに敵意を抱いただろう。アメリカはイランの革命にも敵対した。そしてイラクのフセイン大統領を倒すために、イラクは核兵器を準備しているとの嘘を根拠に、イラクに侵攻した。そしてイラクを今日の混迷状態に陥れたのである。

イスラム教諸国のなかには、石油を媒介としてアメリカと友好関係にある国もある。しかし、アフガニスタン、イラン、イラクのようにアメリカによって生活をめちゃめちゃにされてしまった民衆は、アメリカに敵意をもつのは当然ではないか。民衆を敵にまわしてしまったのである。その民衆とは、ムスリムと呼ばれるイスラム信者である。

こういう怒れるムスリムにとって、アメリカ人は異教徒である。キリスト教徒もユダヤ教徒も異教徒なのである。こういう敵対関係のなかからついに、「イスラム国」と名乗る過激なるムスリム集団が生まれたのである。「イスラム国」はアメリカが生みだした集団なのである。これはもう宗教戦争になってきた。

「過激」と書いたが、それは「怒れる」集団なのである。怒った故に過激な行動に出ているのだと思う。

アメリカは、中近東での長年にわたる残虐な戦闘行動によって、民衆の、つまりムスリムたちの激しい恨みを買ってきただろう。アメリカはイラクからもシリアからも手を引きたいと思っているだろうが、これまでの歴史から見てそれは不可能である。

終わりなき戦争に日本の若者を突き出すな

これはもう宗教戦争になってきた。アフガニスタンとか、イラン、イラクという国を相手にアメリカが戦争している間は、まだ通常の国と国の戦争の様相をしていたが、「イスラム国」という集団が前面に出てきた現状では、もはや国と国の戦争ではない。したがって、どちらかが降伏することはないわけである。つまり終わらない戦争になってきたのである。

終わらない戦争であると同時に、戦争の形も従来の国対国の戦争とはまったく異なるであろう。ある日突然、アメリカのどこかの都市で爆発が起きるとか、飛行機が爆破されるとかいう戦争になるだろう。いままで、テロという言葉でいわれてきたことが、通常の戦争の形になるだろう。

アメリカがそういう戦争に引きずりこまれているとき、日本の自衛隊をそこに参加させるのか？それはまったく愚かなことである。

愚かだという根拠は三つある。

ひとつは、これまで述べてきたように、これはキリスト教徒とイスラム教徒との戦争なのであって、ほとんどの日本人には無関係な世界なのであること。自然信仰に深く根ざした、しかも仏教的世界に生きているほとんどの日本人には、どちらに正義があるのか、理解できない戦争なのである。そこに日本の若者の命を差しだすことは、あまりにも愚かである。

もうひとつの根拠は、この戦争は終わりのない戦争であること。国家と国家の戦争なら、どちらかが力尽きたら降伏できる。しかし、この戦争は宗教戦争だから、国としての降伏はあり得ない。しかも、信徒の誰かが降伏しないで、いろいろな形で戦うことができる。いわゆるテロという形などで。そうなると、まったく終わりのない戦争になる。

そしてもうひとつの根拠は、テロという形だから、前線にでかけた自衛隊だけでなく、日本国内にいる家族も同じ危害をこうむる可能性があること。つまり日本全体が、終わりのない戦争状態にさらされることになることである。

国の政治に関わる者、特に総理大臣たる者は、過去の歴史に学んでこの国の百年の大計を考えるべきである。その歴史とは、第二次大戦に関することだけでなく、人類が長く重ねてきた歴史である。政治家は、長い、大きな目で見る力量をもたなければならない。

戦争に加担しないで、何をするべきか

アメリカが戦後の七十年間、戦争し続けてきたのに対し、日本は平和憲法を掲げて平和を守ってきたし、他国に脅威を与える国ではなかった。自国も豊かになったが、発展途上国にもODAなどによってそれなりの力になってきた。そして、文化面ではいろいろな分野で世界に貢献してきた。この路線を進めることが重要である。

国としてのこういうあり方を、世界に示すことが重要なのである。現代の政治家たちは、何かを変えることが仕事だと思っているようだ。しかも、いまもっていないものをもちたがっているようだ。それは、軍隊であったり、戦場であったり、非常時であったりするらしい。もっといえば、みんながピリピリして、つらい思いをして、悲しみを抱えて生きているような、そんな国を欲しがっているようだ。そのことは、安倍首相のいう「日本を取り戻す」という言葉に表れている。みんなが悲しみを負って生きたあの時代をとりもどしたいのだ。

この七十年間日本を守ってくれている平和憲法は、三百万人以上の日本人の生命、三千万人以上のアジアの人たちの生命の犠牲の上に成立したものであることを、政治家たちも忘れてはいけない。

人質事件を巧妙に使う安倍首相　（二〇一五年四月・63号）

二人の日本人が「イスラム国」に拘束されている情報が手元に届いていながら、安倍首相は一月十七日、エジプトで「イラク、シリアの難民・避難民支援は、ＩＳＩＬがもたらす脅威をすこしでも食い止めるためだ。人材開発、インフラ整備を含め、ＩＳＩＬと闘う周辺各国に二億ドル程度、支援を約束する」と演説した。これは、日本がアメリカ側の同盟国であり、「イスラム国」を敵と認定する宣言であった。しかも、安倍首相はイスラエルでは、イスラエル国旗と日本の国旗を背景にして演説し、ネタニヤフ首相と会談したとのことである。イスラエルはアラブ人にとって不倶戴天の敵である。この一連の出来事の直後に、二人の日本人の身代金要求がインターネットで流され、そのまま二人の処刑にまでいってしまった。

安倍首相は参議院予算委員会でこの行動について批判されると、「テロリストのほうでどう受けとるかを考慮していたら、かえってテロリストの術にはまることになる」という趣旨の答弁をしていた。要は、「自分のやりたいようにやるのであって、拘束されている二人の生命なんか考慮するひまはない」ということである。ぼくはテレビ中継を見ていて唖然としてしまった。

あまりに幼稚で、無思慮で、無責任な人間ではないか。とてもじゃないが、世界のなかで諸国との外交的やり取りのできる人間ではないと思った。しかもそれがいまの日本の首相なのである！　彼は幼稚で無思慮だが、いまやその危険性がはっきりしてきた。

「テロは許せない」「テロには屈しない」という叫び声は安倍首相にとって応援歌である

お二人の人質事件以後、日本のマスメディアは「テロは許せない」「テロに屈しない」「テロ撲滅」という言葉一色になった。ぼくはこの言葉の氾濫に危険を感じる。

「イスラム国」がやった今回の行為は確かに許しがたい残虐な行為だし、「テロ」に間違いないが、アメリカがアフガニスタンやイラクでやってきた暴虐な戦争は、テロではないのか。イラクが大量破壊兵器をもっていると嘘をついてイラク攻撃を仕掛け、フセイン大統領をとらえて殺害した。その後のイラクは大混乱が続き、大量の難民が出ている。アフガニスタンも同じである。国家による国家へのテロというべきものである。

ひとりを不意打ちで殺したらテロで、国家が国家に対して戦争を仕掛け、無数の庶民を殺すのはテロではないのか。

そもそも、アフガニスタン、イラクへのアメリカの理不尽な、残虐な攻撃が、「イスラム国」を生んだのである。

「イスラム国」が生まれた歴史的背景にはまったく触れず、「テロ撲滅」と叫ぶ日本のマスメディアにぼくは不信をもつ。一方では安倍政権への批判めいたことをいいながら、実は市民の目と耳に「テロ」への恐怖感を植え付けて、安倍首相のやりたい方向へ市民を誘導しているのではないかと。

この人質事件は、アメリカの対中東政策の結果として起きたことなのに、日本ではマスメディアがお二人の日本人に対する「テロ」行為だけを問題にし糾弾するので、日本ではいつのまにか「日本人が人質にされた問題」になってしまった。あの期間にもイラクでは政府軍と「イスラム国」との死闘があり、シリアでは政府軍と反政府軍と「イスラム国」との三つ巴の死闘があり、アメリカと有志連合国による爆撃は続き、多数の死傷者、避難民が出ていたであろうに、その報道はまったく消えてしまっていた。したがって、日本の市民の意識には、お二人の人質のことだけが問題になっていた。

この世論誘導を意識的にしていたマスメディアがあるとしたら、極めて悪質である。もし意識していなかったとしたら、あまりにも幼稚であるといわれても仕方あるまい。

「テロ」への市民の不安を、安倍首相はチャンスと捉えている

安倍首相は市民がテロへの不安を感じて、なんとなく自分たちの国を守らなければならないという雰囲気になってきているのに乗じて、自衛隊による海外の日本人救出のため、近く国会での成立を目指す安全保障法制に関連して、自衛隊法の改正が必要であると主張している。

安倍首相はいう。「火事が起きた家に、消防士が入らなければ、救出されない人は命を落とす」と。

隣家で火事が起きたらその通りだ。だが海外での日本人救出はまったく別の問題である。海外のどこかの国に日本人が拘束されていたら、その国には国家主権がある。隣の家で火事が起きたのとはまったく別のことである。しかも拘束されている人の拘束場所を確認し、厚い警護を突破して救出するには、最高度の技術と武力が必要である。安倍首相は、「それだから十分な装備が必要なのである」として、軍備増強への世論の支持を狙っているのであろう。他方、一般には、一見わかりやすいような、簡単な譬えで物事を説明しようとする。安倍首相は頭が悪いのか、それとも悪賢くて、「こんな譬えでいえば、一般の市民はころっと納得させられるだろう」と、たかをくくっているのか。ぼくは後者だとにらんでいる。

そうであるならば、市民のほうでしっかりしなければならない。まずマスメディアは簡単に「テロには負けない」なんぞという言葉をまき散らさないでもらいたい。そして、市民のほうも、おびえたりしないで、安倍首相がこの騒ぎのなかでしようとしていることに、毅然と反対することだ。安全保障法制の強化、自衛隊法の改正、ＯＤＡの軍隊への活用の容認、そして憲法の改悪などである。

対テロ安全策の拡大は警察国家に至る

市民が「テロ」という言葉におびえて自分を縛り、社会一般にも自粛を要求するようになると、それは際限なく広がり、「だからもっと強い軍備が必要だ」とか「警察力を増強しよう」とか「若者はテロと戦う強さをもってほしい」とかいう意見が幅を利かせるようになる。それは、そのまま軍備増強、自衛隊の拡充・増強、秘密保護、社会内部での監視機能強化へと発展していくことになるのである。

二月十一日の東京新聞によれば、毎年上野公園で開催されている子どもの本のイベントが、「テロ」の危険を避けるために今年は中止になったとのことである。これなどは典型的な「おびえ症状」である。これが広がったら、日本中に「テロ」への監視態勢が広がり、自由な集会は開けなくなり、警察が市民生活に入りこみ、まさに「監視国家」になってしまう。子どもの本のイベント中止が日本中に広がらないことを願う。

「テロ」におびえた市民の自主規制を見て、安倍首相は、「これで次の地方選挙も来年の参議院選挙もいただきだ」とほくそえんでいることだろう。だがそうさせてはならない。

市民の間に、「テロ」という言葉から生まれる恐怖感が広がったら、それと異なる意見をいうことが極めて難しくなるだろう。もともと「長いものには巻かれろ」ということわざをもつ日本人である。そして、新しい流行語でいえば「空気を読め」が美徳とされる日本社会である。「テロ」への恐怖が広がると、市民の間で、安倍首相の集団的自衛権の行使は容易に認められ、自衛隊法の改訂は認められ、軍関係予算は抵抗なく飛躍的に増加されていく。そういう軍国主義化に異を唱える人はどんどん減っていってしまうだろう。それこそが危険なのである。「空気を読まないこと」。そういう主張を広げていこう。

かつて、阿部知二という文芸評論家がいた。敗戦後、言論の自由が回復し、いろいろな雑誌が勢いよく誕生してきたころ、阿部は「思索」という雑誌に「他と異ることの恐れ」という一文を発表した。中学四年生だったぼくは感動して読んだ覚えがある。彼は、戦争中、皆それぞれ思いはあったが、他と異なることを恐れて発言しなかった。それが軍部の独裁を助けてしまった、という反省を書いていたのである。

あの八月十五日の敗戦のとき、みんな、本当に「他と異なること」を恐れていたのである。つまり自分の頭で考えることをやめていた。自分で考えて、大本営発表に疑問をいったり、不自由な生活について文句をいったりしたら、たちまち警察のおとがめを受けたのである。

特に、すべての世帯が加入する隣組という組織があって、そのなかでお互いに監視しあっていた。そこでは常に「他と異なること」を恐れていた。その思いがあるから、ぼくはいまはやりの「空気を読め」という言葉に強く反対する。

いまの世の中では「空気を読め」の雰囲気がかなり強いように思う。そういう世の中で「テロには十分警戒しなければいけない」という雰囲気が広まったら、あっという間に日本中が警戒態勢になってしまうだろう。そうなれば、安倍首相は軍備増強、警察力増強、表現の自由制限、思想監視のためにいろいろな法律を作るだろう。

このような成り行きになることが一番恐ろしい。いまはその分岐点だと思う。

いま、市民に求められていること

分岐点に来てしまったいま、ぼくらはどうしたらいいのだろうか。マスメディアがどんなに騒ぎ立てようと、落ち着いて、「テロとは何か。イスラム国はなぜ生まれたのか」を考えてみることだ。そして、安倍首相がこの機会に憲法九条を骨抜きにしようと企てることを、絶対に阻止することである。そのために声を上げ続けよう。

「他と異なること」を恐れないで、声を上げ続けよう。職場でも、学校でも、地域でも、この問題をなるべく話題にとりあげよう。「他と異なることを恐れている」人もいるから。

子どもや孫の世代に、自由にものがいえない、暗い日本を遺してはならない。

われわれの魂を揺さぶる五・一七 沖縄県民大会決議文 （二〇一五年七月・64号）

辺野古新基地に反対する県民大会

五月十七日、那覇市で、辺野古新基地に反対する県民大会が開かれ、約三万五千人の大集会になったとのことである。もともと自民党系であった翁長知事が辺野古反対の先頭に立っているので、文字通り県民一体の辺野古新基地反対県民大会になった。

その大会決議文は、この国の民主主義と平和を願っているわれわれの魂を揺さぶる文章である。だが、ぼくの見るところ全国紙では要旨のみ紹介されていて、きわめて残念である。この文章はいつまでも残るべきものと考え、全文をここに掲載する。

本土人みんなに読んでもらいたいと思う。

沖縄県民大会決議全文

今年は戦後七十年の節目の年である。私たち沖縄県民は悲惨な地上戦により住民の四人に一人が犠牲となった。戦後二十七年間は米軍占領統治下に置かれ、日本国憲法は適用されなかった。本土復帰から四十三年目を迎える今も、米軍基地あるが故の事件や事故に苦しみ続けている。私たち県民は長年にわたり、自ら望んで持ってきたわけではない米軍基地を挟み、「容認派・反対派」と県民同士が対立し、分断され続けてきた。

こうした中、昨年の名護市長選挙、名護市議選挙、県知事選挙、衆議院選挙の沖縄四選挙区の全てで、米軍普天間基地移設に伴う名護市辺野古への新基地建設反対の圧倒的民意が示された。ところが、安倍政権は、前知事が公約を翻し行った公有水面埋め立て承認を盾に、民意を無視して辺野古新基地建設を「粛々」と強行している。

翁長雄志県知事による海上作業の停止指示を無視し、反対する市民に対しては、海上保安庁や沖縄防衛局による過剰警備によって弾圧を加えている。また、去る四月二十八日、県民にとっての屈辱の日には、日米首脳会談において辺野古新基地建設推進を再確認している。

こうした日米両政府の姿勢は、「自治は神話だ」と言い放った米軍占領統治下の圧政と何も変わらない。県民の意思を侮辱し、日本の民主主義と地方自治の根幹を破壊する暴挙である。もはや「辺野古」は沖縄だけの問題ではない。私たちは今、この国の民主主義の在り方を問うている。

私たち県民は自ら基地を提供したことは一度もない。普天間基地も住民が収容所に入れられている間に建設され、その後も銃剣とブルドーザーによる土地の強制接収によって拡張されてきた。これは占領下においても私有財産の没収を禁じたハーグ陸戦法規に明白に違反するものである。国際法に違反し造られた米軍普天間基地は閉鎖・撤去こそが「唯一の解決策」である。

辺野古新基地建設をめぐるこの十九年間において、今まさに正念場である。今新基地建設を止めなければいつ止めるのか。私たち県民は二〇一三年一月に安倍首相に提出した建白書を総意として「オスプレイの配備撤回、普天間基地の閉鎖・撤去、県内移設断念」を強く求めている。保革を超えて私たち県民がつくりあげた、この沖縄の新たな海鳴りは、沖縄と日本の未来を拓く大きな潮流へと発展しつつある。道理と正義は私たちにあり、辺野古に基地を造ることは不可能である。子どもたちや孫たち、これから生まれてくる次の世代のためにも、私たち県民は決して屈せず、新基地建設を断念させるまで闘うことをここに宣言する。

よって、日米両政府は沖縄県民の民意に従い、米軍普天間基地の閉鎖・撤去、辺野古新基地建設・県内移設を断念するよう強く要求する。以上、決議する。

二〇一五年五月十七日

戦後七十年　止めよう辺野古新基地建設！

沖縄県民大会

日米安保条約を維持して国内のどこかに基地を作るのか、安保条約を破棄して独自の平和路線を切り開くのか

われわれはこの問題を真正面から議論するべきだと思う。民主党政権のときも、この問題に切りこまなかったために、基地の「県外」移転という空念仏に終わってしまった。安倍政権はこの問題にはまったく取り組まず、反対に安保条約体制を強化している。

もし、国の安全を現在の日米安保条約に頼るつもりなら、全国土の〇・六パーセントの土地に、全アメリカ軍施設の七三・八パーセントを押しつけることは許されないはずである。沖縄県人からこの状態が長年問題提起されていながら、見て見ぬふりをしてきた本土人には、日本の平和を語る資格はないとさえいいたい。無責任そのものである。

その無責任は、東京電力福島第一原発の大事故にまつわる処理の仕方にもそのまま表れている。東京首都圏の電力をまかなうために、福島県という近い田舎が選ばれて、危険な施設が作られた。その施設が事故を起こし、住民は先祖代々の土地が汚染され、退去を余儀なくされた。いまでも故郷に戻れない人が数万人いるという。だが、あの大事故の責任は誰も取らない。

しかも、土地を追われた人々がまだ数万人もいるのに、電力の供給を受けていた東京首都圏は、二〇二〇年にオリンピックをやるといって、金儲けのために巨費をかけて、嬉々として模様替えをしている。その先頭に立っているのは、自民党政府であり、自民党が仕切る東京都である。

だが、選挙の度にその自民党を第一党に押しあげているのは、日本の国民なのである。安保条約の上にあぐらをかき、基地はほとんど沖縄に押しつけ、危ない原子力発電で贅沢を買い、その結果土地を追われた人がいても、見ないふりをして、贅沢や繁栄を追いかけていく。この構造に気がついて直していかない限り、日本は民主主義国とはいえない。そして、真の自由もない。誰かが犠牲になっての「自由」しかない。それは見せかけの自由だ。

決議文は本土人に訴えている

決議文は言う。「もはや『辺野古』は沖縄だけの問題ではない。私たちはいま、この国の民主主義の在り方を問うている」。この言葉は重い。第二次大戦末期のあの凄惨な地上戦、県民の四人に一人は命を失ったという敗戦のすさまじさ。敗戦後のアメリカ軍による占領。「普天間基地も住民が収容所に入れられている間に建設され、その後も銃剣とブルドーザーによる土地の強制接収によって拡張されてきた」。血のにじむようなこれらの言葉を、われわれ本土人は噛みしめなければならない。いままさに「この国の民主主義の在り方」が問われているのである。

では、本土人は何をしたらいいのか。選挙で自民党に勝たせないことである。少数野党が林立している現状から考えれば、議席数で考えてやっと第一党という状態であれば、現在のように傲慢な、一方的な政権運営はできなくなるだろう。

小選挙区制は一党独裁を生みやすくする制度である。自民党は長期的戦略のなかで、一党独裁を目指して今日の小選挙区制度を作りあげてきたものとみられる。イギリス並みの二大政党政治がいいという触れこみに、マスメディアも国民もまんまと騙されて、小選挙区制を目指してきてしまった。その結果が、今日の自民党独裁である。

いまとなっては、この制度のなかで自民党の独裁力を押さえつけなければならない。それは大変なことだが、いま、その努力を惜しんだら、あと二十年もしたら、この国は自民党の独裁による秘密・軍事国家になってしまうだろう。それは、いまの赤ちゃんが成人するころである。目の前に迫っている。

県民大会決議文は叫んでいる。「いままさに正念場である。いま新基地建設を止めなければいつ止めるのか」。

本土人の圧倒的多数で沖縄人と共にたたかい、辺野古新基地建設を阻止しよう。普天間基地の閉鎖、撤去を要求しよう。これは日本人全体の問題なのである。

そして、まずは「辺野古基金」に参加しよう。本土にいて具体的に参加できる一番手っ取り早い方法なのである。最後に「辺野古基金」の窓口を記しておく。

・ゆうちょ銀行　店番：７０８　口座番号：１３６５９４１「辺野古基金」
・コザ信用金庫　那覇支店　店番：０１７　口座番号：２０３２５３１「辺野古基金」
・琉球銀行　県庁出張所　店番：２５１　口座番号：１８５９２０「辺野古基金」
・沖縄銀行　県庁出張所　店番：０１２　口座番号：１２９２７７２「辺野古基金」
・みずほ銀行　那覇支店　店番：６９３　口座番号：１８５５７３３「辺野古基金」

ドイツの雑誌と新聞が見る日本　（二〇一五年十月・65号）

今年も七月二十五日から二週間、昔ばなし大学の「グリム童話研修の旅」と「東ドイツ文化の旅」に行ってきた。そこではいろいろなことを学んだが、なかでもぼくは、「ドイツのマスコミで日本がどのように報じられているか」に関心があった。いくつかの報道を見ることができたが、特に、ドイツで信頼性の高い週刊誌『シュピーゲル』に注目した。二〇一五年の三十二号(つまり八月第四週号)に、「百年続く放射能」という記事があったので抜粋して訳して紹介したい。筆者はヴィーラント・ヴァークナーという人で、日本に詳しいようである。大学町ゲッティンゲンの『ゲッティンガー・ターゲスブラット』という日刊紙の記事も紹介する。

シュピーゲル誌　（二〇一五年三十二号）

百年続く放射能

まず、現在八十四歳の葉佐井博巳という原子物理学者が、中学生として学徒動員されて、広島から十五キロ離れた兵器工場で働いていた八月六日の朝、八時十五分に経験し、その目で見た悲惨な状況が説明されている。「葉佐井氏は時代の証人として、子どもたちに自分の体験を話し続けているが、福島の大惨事から四年しかたっていないいま、安倍政権が、鹿児島県川内市の原発を再稼働させようとしていることを、非常に危惧している。広島と長崎への思いが、いま、福島の大惨事によって陰に隠されようとしている」とヴァークナーは書く。さらに、「ほとんどの日本人にとって、そして葉佐井氏にとっても、原爆投下のトラウマと原子力の危険性との間には関連がなかった。葉佐井氏は原子力学者として原子力テクノロジーに自信があったし、それは人類の福祉に貢献すると信じていた。ところが二〇一一年三月にこの確信は崩れ、『恐ろしいことが起きた』と実感した」と報告している。

さらにヴァークナーは書く。「福島の大惨事以来、国内の四十三の原子炉はすべて停止した。だが、次第にいわゆる原子力村が実権を握りつつある。原子力村とは、原子力関連のボスたちと政治家と官僚のことである。福島の被害地域からの約十六万人の避難者たちは、なるべく早く村へ帰還するように仕向けられている。安倍政権は、なるべく早く福島の出来事を忘れさせたいからである。」「放射能の専門家である葉佐井氏は、再稼働は尚早であると考えている。福島県での放射線大事故では、広島の原爆投下の千倍もの放射能が放射された。というのは、広島では市の高空で爆発されたので、放射能は弱められた。市街の壊滅は主として、爆発後に起きた火災によるものだった。それに比して、福島では広範囲にわたってセシウム一三七が巻き散らされたからである。放射能被害が克服されるまでには約百年が必要だろう。」

「葉佐井氏は人口密度の高いこの国では、ほかの地域でも放射能汚染が広まる危険があると心配している。そして、『責任者たちは、国民に、放射能に対する安全性をどう高めたかを証明しなければならない。安全だ、安全だと言うだけではだれも信用しない』と述べている。」

ヴァークナーはさらに、福島第一原発の撤去が遅々として進んでいないことを報告し、撤去には四十年かかることを指摘している。そして「国民の上層部に対する不信は深い。世論調査によれば、国民の半数以上が再稼働に反対している。けれども、福島とその結果を問題としてとりあげると、報復を覚悟しなければならない」と書いて、マンガ家の雁谷哲が「美味しんぼ」のなかで、自身の経験にもとづいて鼻血が出たことを書いたところ、激しい批判にさらされたこと、特に地元福島で、原発事故はもう済んだ、産物も心配なく食べられるのだと批判されたことを紹介している。それに対して雁谷が、「福島から脱出する勇気を持て」と書いたことも。

「けれども安倍首相は、批判者の意見には耳を貸さない。安倍以前の内閣はもっと長期計画で原子力から撤退する計画だったが、安倍首相は原子力発電を二〇三〇年までにエネルギーの二〇パーセントにすることを文書で確定した。原発が停止すると、その日から電力会社は大きな損失を被ることになる。日本は原発のかわりに、オイルとガスを輸入するからである。それが貿易の重荷になる。一方で安倍首相はトルコやベトナムに日本の原子力技術を輸出しようとしている。

原子力に対する疑念は日本のいたるところで感じられる。特に南の川内で。そこでは間もなく再稼動第一号が動き出す予定で、第二号は十月にも予定されている。この地方は原子力ロビーの補助金で暮らしている。壮大な市役所、武骨な文化センターが原子力ロビー依存の記念碑である。」

記事は続く。

「『再稼働反対！』『子どもを守れ！』最近では住民たちが原発前で抵抗している。

川内の原子力施設の鉄条網前での抵抗は感動的である。デモをする人のなかには、七十歳以上の人がたくさんいるからである。イワシタ・カツジさんは何十年か前までは、施設のタービン建設で働いていた。この技術者は、原子炉の技術はもう古びているという。『この原発を再稼働するということは、白髪の老人に一二〇キロメートル歩けと言うようなものだ』。」

ヴァークナーはさらに火山についても、火山学者たちは桜島噴火の危険性を指摘しているが、裁判所は批判者たちの訴えを退け、原発事業者はあらゆる事態を想定していて安全だと主張し、訪問者たちにはボールペンやペンダントを寄贈している、と次のように報告している。

「日本の原発ロビーは、もうこれ以上時間を浪費したくない。一直線に原子の循環を仕上げたいのである。つまり、ウランの燃焼から再生までの循環を。その中心的施設は、本州北端の大間に建設中の原子力施設である。それはウランとプルトニウムの混合であるモックスで動かされる世界初の原子炉である。大変な議論が戦わされた技術でもって、日本はプルトニウムの武器庫の中身を減らしたいのである。これまでの原子力発電で、日本では中身がたまりにたまっている。世界第三位の工業国日本は、核分裂可能な物質を約四十七トンも蓄積してきた。これは長崎に投下された原爆の何倍にも当たる。政府が原子力にこだわるもう一つの理由があるが、これは公にはほとんど触れられていない。それは、原子力で武装した中国と北朝鮮を視野に入れて、独自の原子爆弾の選択肢を確保しておきたいという願望である。原子爆弾は憲法に照らしてまったく問題ないと、安倍首相は既に十三年前に述べている。

日本の専門家は、それに加えてアメリカの原子力を基礎とした軍事力による圧力を指摘している。その圧力のために、日本は原子力から撤退できないのである。というのは、アメリカには約百か所の原発があるが、それらに日本の技術が深くかかわっているからである。原子炉建設業者ウェスティングハウスは東芝コンツェルンに属しているし、ゼネラルエレクトリックは日立と連携している。

工藤壽樹氏にとってこの国の原子力政策は悪夢である。彼が市長を務める函館市から大間は、海を挟んで二十三キロしか離れていない。『事故が起きたら、放射能を含んだ風がこちらに吹いて来るかもしれない』と彼は言う。彼は函館市と周辺、約三十七万人の住人の安全を心配し、住民の名において、事業の凍結を裁判所に訴えている。事業者は追加の防御策に追われている。

そして、ヴァークナーは最後にこう書いている。「再稼働は間もなくはじまるだろう。しかし、原子力は絶対に安全だという神話は日本では復活しないだろう。その神話は、福島で徹底的に打ち破られたのである。広島の証人葉佐井氏は『われわれは騙された』と言っている。彼は警告することをやめない。彼は、日本という国が原子力のカタストロフ（破局）からいつかは学ぶだろうと期待している。」

この記事のなかで、ぼくが特に重視したのは、「独自の原子爆弾の選択肢を確保しておきたいという願望」があるという指摘である。一般の新聞などでは、電力が足りているかどうかが主として問題にされていて、この論点はあまり強調されていないが、もっと大きくとりあげられなければならない重大な問題である。この記事の筆者は、「広島と長崎への思いが、いま、福島の大惨事によって陰に隠されようとしている」という表現をしている。一見わかりにくい表現だが、その意は、「広島と長崎では、原子爆弾の爆発で恐ろしい体験をした。ところが最近起きた福島での原子炉のメルトダウンでは爆発はおきなかった。みんなが恐れたのは、そして恐れているのは、放射能汚染である。だから関心は放射能の除染に向けられてしまっていて、原子爆弾の爆発の恐ろしさが陰に隠れてしまっている」ということである。

原子力発電と原子爆弾製造はほとんど同じ道なのである。そもそも、原子力で発電しようという考えは、アメリカのアイゼンハワー大統領の時代に出たということである。つまり、第二次大戦終了後、もう原子爆弾は作れない。しかし、原子爆弾製造の技術は温存したい。しかも明るいイメージで。（この問題について詳しくは、本誌第四十八号、小沢健二による連載「うさぎ！第二十四話」をご覧いただきたい）。シュピーゲル誌のヴァークナーも、原子力発電の技術はすぐに原子爆弾製造技術に転換できることに、日本人が気づくべきだと言いたいのであろう。

しかも、安倍首相は十三年も前に、「原子爆弾は憲法に照らして、まったく問題ない」と発言していることをわれわれに思い出させている。安倍首相はいまは口にしないが、日本が敵対国に対しても つ究極の抑止力として、原子爆弾を考えているのである。では誰に対する抑止力かといえば、中国と北朝鮮である。中国と北朝鮮に対する警戒心、敵愾心を掻きたてようと、安倍首相とその周辺の悪質な政治家たちは、周到に手を打ってきている。尖閣諸島、南支那海での中国の動きを梃子にして敵愾心をあおり、原子力技術保持の口実にしようとしているのである。

シュピーゲル誌のこの記事は、われわれ日本人が気づきにくい点を丁寧にえぐり出していると思う。

ゲッティンゲンの日刊紙『ターゲスブラット』の記事(二〇一五年七月十七日)

日本は再び戦争参加を許す
―議会が軍事改革を可決― 平和憲法からの決別

第二次世界大戦終結後、はじめて、日本は軍隊を外国での戦闘に派遣しようとしている。昨日、日本の衆議院は、大衆のはげしいプロテストと野党のボイコットにもかかわらず、議論のあった軍隊改革を可決した。

この軍隊改革によって、日本のいわゆる自衛隊を同盟国支援のため、そして国際紛争調停のために外国での戦闘に派遣できることになった。日本の兵隊はこれまでも、国際的な派遣に関与してきた。だがそれは人道的、兵站《へいたん》基地的援助だった。「わが国を巡る安全状況がますます困難になっているので、政府は人々の生活と平和な環境を守ることに責任を負っている」と菅義偉官房長官はいう。

日本の保守的な政府の安倍首相は、新軍事ドクトリンは、日本が中国と北朝鮮の軍事力増強にさらされていることへの避けがたい回答であるとしている。尖閣諸島のようなケースである。もう一つの危険と日本が見ているのが、北朝鮮の原子力とロケット計画である。その上、日本は同盟国アメリカの願望に答えている。

中国は、日本の軍隊の新しい任務に反論している。新ドクトリンは、日本が第二次世界大戦以後守って来た専守防衛の姿勢を放棄し、平和的な発展の道から外れようとしていると、中国外務省のスポークスマン、ホア・チュンニャンは述べている。この改革は、日本の戦後の平和憲法の新解釈を意味する。その第九条は暴力の行使を禁じているのである。例外は、日本に対する直接的な攻撃に対する自衛のみである。軍隊の改革は、国民の間に議論を巻き起こした。

平和主義は深く根づいている。日本人の多くは、一九四五年以降にアメリカ占領軍によって作成された憲法を自己のものとしている。東京だけでも、現在数万人の人間がプロテストしている。彼らは、国際的紛争に巻きこまれることを恐れている。つい数日前、ＮＨＫが発表した世論調査では、国民の六一パーセントが安倍首相の進路を拒否している。そして、朝日新聞が報ずるところでは、憲法学者の大多数が新法律は憲法違反であるとの見解を表明している。安倍首相は採決の前に、「国民はこの法案をまだよく理解していない」と述べた。

報道の独立性が重大な脅威に直面している　（二〇一六年七月・68号）

安保関連法案の審議中から、政府が報道機関に対して、さまざまな圧力をかけてきている。報道機関の幹部たちを呼びつけて、「政府に反対する声ばかりを報道するな」と警告したり、ＮＨＫの籾井というおかしな会長が局員に対して、「報道は、政府の発表に基づいてするように」という、まったく常軌を逸した指示を出したと伝えられている。

安倍首相とその取り巻きは、報道機関というものは政府の広報部だと思っているに違いない。とんでもない話であるが、一般人にはその危険性があまり認識されていないように見えるので、敢えてここでとりあげたい。

国連の「表現の自由に関する特別委員会」は、日本の国会が特別秘密保護法の審議を開始したころから、日本における報道の自由について懸念をもちはじめた。そして昨年には、国連として特別委員会の委員をその調査のために日本に派遣することを決めた。ところがそのころ、安保法案の審議中だったために、安倍政権は派遣を見合わせるよう国連に要請し、年が明けて三月になってやっと派遣が実現したのである。この事実だけを見ても、安倍首相とその取り巻きが、自分たちが日本において報道の自由を抑圧していることを、外国に知られたくないと思っていることがわかる。それほど悪い事態なのである。

国連の特別委員会から派遣されて来日したデービット・ケイ、カリフォルニア大学教授(国際人権法)は、日本の報道関係者や政府の当事者への聞き取りを重ね、暫定的な調査結果を国連に報告し、発表した。そこでは日本の言論状況について、いろいろな点についてきびしい警鐘を鳴らしている。

なかでも放送の政治的公平性を定めた放送法に関して、懸念を表明している。高市早苗総務大臣が電波の停止をちらつかせて脅迫したことについて、「政府は脅しではないと主張したが、メディア規制の脅しと受け止められても当然である」と批判している。高市発言のずっと前に、自民党は報道各社に、政府への批判的意見ばかり報道するなという文書を送りつけている。だから、今回いくら「脅しではない」と弁解しても、人々は脅しと受け止めるし、事実、脅しなのである。

脅しの効果はすぐに現れた。ニュースキャスターの古舘伊知郎と岸井成格が、この大事な時期に降板した。二人とも、政府の圧力ではないといっていたが、誰も信じない。明らかに政府の圧力である。その圧力はいろいろな形で、陰に陽に来たことだろう。極右勢力によるヘイトスピーチとか脅しがあったのかどうかわからないが、なかったとしても、あと一歩だっただろう。国全体を全体主義にもちこみ、戦争のできる体制をつくるには、それくらいのことはやってのけるのである。

ケイ教授が日本の言論状況について指摘した六点

◇政府は（政治的公平性などを定めた）放送法第四条を廃止し、メディア規制から手を引くべきである。
◇自民党の憲法改正草案二十一条で公益や公の秩序に言及した部分は国際人権規約と矛盾し、表現の自由と相容れない。
◇特定秘密保護法は秘密の範囲があいまいで、記者や情報提供者が処罰される恐れがある。
◇慰安婦問題を報じた元朝日新聞記者の植村隆氏やその娘に対し、殺害予告を含む脅迫が加えられた。当局は脅迫行為をもっと強く非難すべきだ。
◇沖縄での市民の抗議活動への力の行使を懸念する。
◇記者クラブ制度はフリー記者やネットメディアを阻害している。

いずれも現在の日本が抱えている問題を鋭く指摘している。記者クラブという特権的な制度への批判も鋭いと思う。また、メディアの幹部と政府高官が会食し、親しい関係を築いていることも批判している。規制される側と規制する側が密接な関係をもっていることは、報道の自由を守るためには、あってはならないことである。だが日本では明治以来の長い習慣になっていて、世間では問題にもされないでいる。新聞社やテレビ局の上層部は、当然のつきあいのように政権与党や政府官僚とつきあっているのである。ケイ教授の国連報告書だけでこの長い悪習が廃止されるかどうか、われわれ日本人が注視していかなければならない。

海外のNGOも日本の言論状況を注視している

パリに本部を置く国際NGO「国境なき記者団」は四月二十日発表の「報道の自由度ランキング」で、世界一八〇の国・地域のうち日本は七二位であるとした。報道の自由度が七二位であるということは、極めて自由度が低いということである。この事実は重大である。

日本は、あの戦争で約三百万人の日本人の生命を犠牲にし、約三千万人のアジア人の生命を犠牲にして、戦後、現在の平和憲法を獲得したのである。その憲法には国家の主権が国民にあること、基本的人権の尊重、戦争の放棄が宣言されている。そして報道の自由が宣言され、七十年間戦争をしてこなかった。そのために日本人は、本当に主権が国民にあり、基本的人権が守られていて、報道の自由があるものと信じこんでしまっているところがないか、冷静に見る必要があると思う。

特に報道の自由については、一般には目に触れないところで行われるので、用心深く観察する必要があると思う。記者クラブ制度などは特に危険な制度である。戦争中、言論統制の機関として内閣情報局なるものが存在し、それの民間側の受け皿が新聞社の記者たちの連合体だったのである。現在の記者クラブはその生まれ変わりなのではないかとぼくは疑っている。民主主義を標榜している日本だから、報道機関の自主的団体のかたちをとっているが、その内部は相互牽制、自主規制の縄がはりめぐらされているであろうことは想像に難くない。

そして、最も大きな問題は、個人のフリー記者と弱小メディアはそのクラブに加入できないことである。大手メディアはその上層部が政権側の政治家や高級官僚とつきあいがある。従って、政府に対する批判力は弱い。個人のフリー記者や弱小メディアにはそもそも権力者とのつきあいがないから、批判も鋭くできるのだが、記者クラブからは排除されているのである。この事実ひとつを見ても、日本における報道の自由度は低いといわざるを得ない。

「国境なき記者団」は「多くのメディアが自主規制している。とりわけ首相に対してである」と指摘している。そして「安倍政権になってからの順位低下が著しい」と指摘している。

今年の四月から、古舘伊知郎、岸井成格らのニュースキャスターが降板したが、これにも外国メディアは注目した。どう見ても安倍政権への遠慮と見えるのである。

イギリスの「タイムズ」紙のリチャード・ロイド・パリー東京支局長は、「安倍政権は過去の政権よりも報道に神経質で圧力もかけているが、ジャーナリストが抵抗していれば問題はない。日本の問題は、ジャーナリストが圧力に十分抵抗していないことだろう」と話したとのことである。日本人の美徳である「遠慮」が働いているのだろうか。いまや、そんな場合ではないはずである。

日本の「報道の自由度ランキング」

四月二十四日付朝日新聞朝刊によると、国際NGO「国境なき記者団」発表の日本の「報道の自由度ランキング」は第二次安倍内閣になってから急激に悪化し、五三位、五九位、六一位、七二位と低下しているとのことである。この悪化の度合いは、われわれが肌で感じていることと合致している。

その端的な例が「自由度ランキング」を報じた同じ日の朝日新聞に出ていた。熊本地震への対応を協議するNHKの災害対策本部会議で、本部長である籾井NHK会長が、原発関連の報道について、「住民の不安をいたずらにかき立てないよう、公式発表をベースに伝えてほしい」と発言したとのことである。さすがに現場の職員からは、「公式発表を伝えるだけの報道では自主自立の報道とはいえない」とか「やっぱり会長は報道機関というものがわかっていない」という声があがっているとのことだが、会長の発言だから必ず影響が出る。

五月三日、憲法記念日のNHKニュースを見ていたら、護憲集会と憲法改正集会があったと伝えた後、ニュースの最後の画面は、「正しい憲法を作ろう」という大垂れ幕の下がった舞台だった。明らかに安倍政権の意向に沿った画面の作り方である。このような目立たないような、しかし全体を支配するニュースの作り方が今後増えていくだろう。われわれはそれらをひとつひとつ見破って批判していかなければならない。

民主主義の世界に生きていると思いこんでいるわれわれ日本人は、新聞テレビの報道は公平なものだと信じこんでいるところがある。それが危ない。マスメディアのほうは、安倍首相の顔色を見たり、官僚の圧力を受けたりして、すこしずつ権力寄りになっているのに、われわれ民衆のほうが、報道は中立なものと思いこんで受け入れてしまう。この形が一番危険だと思う。これから夏の参議院選挙に向かって、政権側はマスメディアを使って巧妙に民衆教育をしてくるだろう。われわれのほうにはそれにごまかされないしたたかさが必要なのである。

安倍首相、選挙の前は民生重視、選挙が終われば憲法改悪

安保法案審議のときもそうだった。選挙前には、アベノミクスの評価を問う選挙だといっていたのに、選挙が済んだら、「先の選挙で大方のご支持をいただいた安全保障法案です」といいだした。あの厚顔無恥。今回、その反省などまったくない。選挙前のいまは、子育て重視、保育園拡充。母子家庭保護。しかし、選挙が終われば憲法改悪なのである。選挙が終わればかならず出してくる。またださされてたまるか。しかも、今度だまされたら軍事国家、独裁国家である。

満州事変、支那事変をまたやりたいのか。それは、われわれ庶民が許さない。

参院選後、この国全体が右へ地盤移動しているようだ　（二〇一六年十月・69号）

あれだけ強い国会包囲活動があったのに、参議院議員選挙の結果は、改憲勢力が三分の二を確保してしまった。いったいどうしてなのだろう。この疑問を解くために、護憲グループは、それぞれに選挙活動の自己批判的検討をしていることだろう。そしてそれが真剣に行われていることを切に望んでいる。

ぼくは選挙前からうすうす感じていたことだが、選挙後、特に目立ちはじめたことがある。それは、「命をかけなければ国は守れない」という雰囲気が全国的に広められていることである。それはすなわち、昭和初期から満州事変、支那事変、大東亜戦争へと破滅の道を盲目的に突き進んだ、あの思想である。戦争でない方法で国を守ることをすこしも考えない、軍事優先思想である。

ぼくのメール通信「昔あったづもな通信」でも報告したことだが、五月に知覧特攻平和会館を訪問したとき、特攻隊の若き飛行士たちが、「潔くお国のために命を捧げた」ことのみを強調する展示に変わっていたことに気がついた。約二十年前に訪問したときには、特攻飛行士たちを世話した旅館の女将さんたちの生なましい打ち明け話が聞けた。若者たちは、出撃の前夜には荒れて、父や母の名を叫んだり、酒をあおって暴れたりした。決して従容として死に赴いたのではない、苦しみもがいて死んでいったんだという話に、聞き手であるわれわれは息をのんだものだ。

ところが今回の訪問で見たところでは、そういう記述は一切なかったし、旅館の女将さんたちの証言がビデオで流れていたが、そういう打ち明け話は一切なかった。特攻平和会館全体が、「若くしてお国に命を捧げた特攻隊員の賛美」一色だったのである。当日、たまたま海上自衛隊の新入隊員たちが集団で見学に来ていた。彼らは、「国のために命を捧げることの尊さ」を学んで帰っていっただろうと思った。特攻平和会館はいまや、あの戦争はそもそも何のために日本が起こした戦争だったのか、ほかに平和の道はなかったのか、という根本問題には目が行かないように工夫された装置に変わってしまったのだと思った。

この仕掛けは、安倍首相が八月十五日、敗戦の日の挨拶でも、「あの戦争への反省」という言葉は一切使わなかったことと連動していることは間違いない。なぜ、若者たちを生きたまま死の淵に突き落としたのか。政府としての反省は意地でもしたくないのだ。単純にいえば、自分の祖父、岸信介が突き落とす側で活躍していたからである。

天皇は、敗戦の日の言葉で、「深い反省」という言葉を、この二年連続で述べている。政治的発言ができない天皇・皇后として、精いっぱいの抵抗であろう。

だが、参議院選挙後は、安倍首相とその勢力が主張する「命を捧げる覚悟がなければ国は守れない」という傾向が、じわじわと全国的に広がっていることを感じる。

去る五月三日、憲法記念日の午後七時のＮＨＫ総合テレビのニュース。この日、護憲、改憲の各種集会があったと報じた後、ニュースの最後の場面は、なんと、改憲勢力の大きな集会の壇上の風景で、そこには「自主憲法の制定を」とかいう大文字が踊っていた。それをバックにしてアナウンサーが「ニュースを終わります」と宣言したのだ。これは明らかに「今日の主要ニュースはこれでした」という画面造りである。

ＮＨＫの現会長は安倍首相の盟友だそうで、番組造りに口を出すことで知られているが、ニュースにまで会長の意向が働いてきていることをうかがわせる画面だった。この影響は強いと思う。家庭でニュースを見ていると、自分にだけ届けられているように思いがちだが、実は日本国中、数百万の家庭に届けられていて、その数倍の人数が見ているのである。この画面の影響力は強いと思う。人々はなんとなく「そういうものかなあ」と思ってしまう。その積み重ねが、いわゆる「世論」というものを形成するのだろう。

ぼくは全国で昔ばなし大学を開講しているので、会場として各地の「コミュニティーセンター」などに赴くことが多い。休憩時間に廊下を歩いてみると、いろいろな会合が開かれていることがわかる。そのなかで近頃目につくようになったのが、「大東亜戦争を考える会」とか「国の平和を考える会」、「選択的別姓を考える会」などである。ドアーの窓から見ると、集まっている人は例外なく、いわゆる高齢の男女である。

掲げられている会のタイトルから見て、話の内容はほぼ推察できる。「大東亜戦争は日本だけが悪かったのか？」「実はアメリカに仕掛けられた戦争だったのだ」「国の平和は、国民が命を投げだす覚悟をしなければ守れない」「夫婦の別姓などは日本の家族制度の伝統に反する」。そういう類いのものであることは間違いない。高齢の男女に訴えるテーマである。

敗戦によって日本が得た新憲法のもとで、自由と平和と男女平等と基本的人権擁護の世界で暮らしながらも、なんとなく昔の、お上への服従と男支配の家夫長制へのあこがれを捨てきれずにきた人たちにとっては、安倍首相の強権政治はなんとなく心地よいものであるらしいのだ。その気持ちにつけこんで、いま、この種の集まりが全国的に広げられているようなのである。ターゲットは老人たち。男性はもともとだが、とくに高齢の女性たちを巻きこもうとしている様子がうかがわれるのである。

選挙では確実にひとり一票なのだから、高齢者たち、特に善良な高齢女性たちを教化しておくことは、必ず効果を発揮する。安倍首相のまわりの極右思想の人たちは、早くもそこに目をつけてきているのである。その効果が現れたのが今回の参議院選挙だったのだろうと思う。

あれだけの圧倒的な国会包囲があり、全国的にも反対のうねりがあり、ほとんどのマスメディアも批判的に報じていたのに、蓋を開けてみたら、自民・公明の圧倒的勝利だった。このことは、表面に現れていた出来事だけでは理解できない。マスメディアも気がつかなかったことが、何かおきていたはずなのである。

そのひとつが、地元有力者たちによる高齢者たちを集めての小さな集会だったのだと思われる。高齢者たちはほとんど必ず地元と縁が深い。それだけに、地元の有力者たちから声をかけられたら、断りにくいだろう。

日本会議という隠れた巨大組織

個々の町では地元の有力者によるこじんまりした集会なのだが、実は「日本会議」という巨大な、しかも豊富な財源をもつ極右組織の末端であることがほとんどのようである。「日本会議」というのは、もともとは「生長の家」創始者の谷口雅春氏の教えを受けた人々の集団である。谷口氏は、そもそも新憲法を認めず、「明治憲法の復元」を主張していた。ところが二〇〇九年に「生長の家」総裁に就任した、雅春氏の孫の谷口雅宣氏は脱原発を主張し、安倍首相批判を展開している人で、従って「生長の家」はまったく変貌した。しかし、創始者の教えを受けた信者たちが中心になって、現在の「日本会議」を牛耳っているのである。

「日本会議」とはひと口でいうと、「右派の統一戦線」ということである。そこには神社本庁のみならず、仏教系の仏所護念会などさまざまな宗教団体が加入し、政治家、いわゆる文化人、財界人も加わっているという巨大組織である。

一九九五年、自民党、社会党、新党さきがけの連立与党が、戦後五十年に当たって、「侵略戦争への反省」を盛りこんだ国会決議を採択しようとしたとき、自民党の右派議員が猛烈に反発した。そして、九七年二月、「日本の前途と歴史教育を考える若手議員の会」を結成した。この会は二〇〇四年になると、もう若手でなくなり、「日本の前途と歴史教育を考える議員の会」と改称した。

そのナンバー一が故中川昭一であり、ナンバー二が安倍晋三だった。そのまわりに、下村博文、萩生田光一、高市早苗らがいた。当時の自民党では跳ね上がり的存在であった彼らが、現在では安倍政権を支える中心的存在になっているのである。そして、「日本会議国会議員懇談会」の有力メンバーとなっている。安倍首相は極右的な日本会議によって支えられているのである。

神社本庁と各神社が政治に関与することは、政教分離の大原則に反する

日本は戦争中、政治が神社を利用して国体維持に努めたことを反省して、憲法において政教分離の大原則を打ち立てた。天皇が政治に関与しないことと同じ大原則である。ところが現状では、神社本庁が先頭に立って日本会議に参加し、氏子たちに「自主憲法制定」とか「選択的夫婦別姓反対」とか「日本の家族制の伝統を守れ」などと教えこんでいる。これはまさに「政教分離違反」である。

氏子たちは、神主からいわれたら断りにくい。お寺の檀家も同じである。宗教のしがらみのなかで「敵が攻めてきたとき、軍隊がなくてどうやって国を守るのか」とか、「命を投げだす覚悟がなければ、国は守れないのだ」といわれたら、善良な氏子や檀家は「そうか」と思わされてしまう。善良な人び

との日常生活のなかへ、宗教の右派勢力が「日本会議」を通じてしみこみつつあるのである。目に見えにくい、右派の浸透を食い止めなければならない。それには、右派勢力の言い分を撃破して、庶民が納得する論理をわかりやすく広めることに、まず努めなければならないのである。

あらゆる分野で、平和国家であることを発揮し、国民にもそのことを周知させなければならない

日本はこれまで以上に、平和国家であることをあらゆる分野で世界に示すべきである。学問の分野はもちろん、文化、経済、貿易、外交、政治などあらゆる分野で平和国家であることを世界に示し、国民にも周知させなければならない。国民がそのことに自信をもったとき、「国を守るために命を捨てろ」という脅迫にはおびえなくなるだろう。軍隊をもたない平和国家として生きていく自信を国民全体がもたない限り、参議院選挙のあの意外な結果がまた現れるだろう。そんなことは絶対にあってはならない。

言葉を微妙にずらして真実を隠す権力者たちとマスコミ（二〇一七年一月・70号）

「衝突」であって「戦闘」ではない

安倍政権は、強行採決で強引に成立させた新安保法をいよいよ実行しようとしている。まずは現在南スーダンに派遣している自衛隊に、いわゆる「駆けつけ警護」の命令を下す段階に来ている。これまでは、日本の自衛隊の駐屯基地に攻撃が及んだときのみ防衛のために武器を使用することが認められていたのだが、新安保法では、国連が派遣しているＰＫＯ諸部隊やアメリカなどの友好国の部隊などが危険にさらされたら、駆けつけて警護のために武器を使用することができることになる。そこでは、攻撃側との間で戦闘が起きるだろう。そうなると、攻撃側にも死傷者が出るだろうし、日本の自衛隊にも死傷者が出るだろう。そうなったら、日本は、第二次大戦の敗戦以来、はじめて犠牲者を出すことになる可能性が極めて高い。平和憲法を掲げて世界に平和を呼び掛けてきた日本にとって、これは重大な事態である。

ところが先日、テレビの国会中継で予算委員会でのやり取りを見ていたら、安倍首相がまたしてもとんでもない論法で答弁をしていた。

民進党の議員が、南スーダンでは政府軍とマシャール前副大統領派との間で戦闘が続いていることをとりあげ、「新安保法案の審議のときには、自衛隊は戦闘のある危険な場所には出さないと答弁していたが、南スーダンではいまや戦闘が継続している。もし自衛隊員に加害が及んだときの責任はどうなるのか」と問い詰めると、安倍首相は、なんと「現在南スーダンで起きていることは、衝突であって戦闘ではないと認識している」と、平気な顔をして答弁していた。

時事通信によると、イギリスのロイター通信は、南スーダン軍報道官が十月十四日の声明で、「政府軍とマシャール前副大統領派の戦闘や同派による民間人に対する残虐行為で、過去一週間に少なくとも六十人が死亡したと発表した」と報道している。これはもう疑いなく戦闘状態ではないか。これだけの人数が死亡したのを、単に「衝突」という言葉でいえるのか。マシャール派武装勢力は十一月八日から十三日にかけて、政府軍兵士十一人と民間人二十八人を殺害し、マシャール派も二十一人が政府軍によって殺害されたというのである。これは「戦闘状態」そのものではないか。（二〇一八年五月十三日追記。自衛隊の日誌のなかに、戦闘という記述があったことが最近になって明らかにされたことは、多くの読者はご存知だろう）。

巧妙な「国民操縦法」のひとつ

言葉をすこしずらして、本質を見えなくする。この技法は、おそらく安倍首相本人だけでなく、彼を取り巻く政治家たち、そして彼を支えている高級官僚たちがしっかり身につけている「国民操縦法」

なのだと思う。しかも、残念なことに、日本のマスコミ人（もはやジャーナリストの名に値しないと思うのでこの名を使うのだが）たちは、この欺瞞に気がつかないようだ。ぼくの目につく範囲では、この答弁について、新聞の記事としてもテレビの報道のなかでも、誰も指摘しない。唯一、東京新聞がコラムでとりあげたのを見ただけだ。

「敗戦」を「終戦」と呼び変えた

「言葉をすこしずらして、本質を見えなくする。それから時間をかけて、庶民の間の問題意識を消滅させ、何も問題ではないようにしてしまう」。この手法に、ぼくは一九四五年の太平洋戦争敗戦のときに気がついた。

あのとき、日本は米、英、ソ連、中国によるポツダム宣言を全面的に受け入れたのである。それは「無条件降伏」だった。天皇の「玉音放送」があった翌日の新聞は大きく「無条件降伏」と書いた。ぼくは鮮明に覚えている。あのころの新聞はいまでも公立の図書館には保存されているだろうから、確かめてもらいたい。

「無条件降伏」。つまり、天皇を「現人神」と奉る日本は戦争に完全に負けたのである。日本の軍国主義が完全に崩壊したのである。「萬世一系」の天皇制のもと、のさばってきた軍部と政治家たちによる独裁、専制政治があの「無条件降伏」によって崩壊し、それによって日本国民は自由、基本的人権、平和を獲得し、国家として平和憲法を獲得したのである。その獲得のためには多大の犠牲を払った。軍人、庶民両方で三百万人の日本人が命を落とし、三千万人のアジア人が命を落とした。あの「無条件降伏」はそれだけの人数の痛ましい犠牲によってしか獲得できなかった。痛恨の極みだが、これは歴史の事実だ。

八月十五日に「戦争が終わった」のではない。天皇を奉る大日本帝国が「無条件降伏」したのだ。大犠牲を払って。

「無条件降伏」の衝撃はあまりにも大きく、強く、日本国中が混乱した。なかには、「わたしたち臣民が力不足で負けました。天皇様に申し訳ない」といって、宮城前の広場に駆けつけて、地べたに額をこすりつけて泣いて謝罪する人もいたことが、しばらくの間、新聞で報じられ続けた。あの広場で「申しわけない」と割腹自殺した人もいたと報じられた。「一億総懺悔」をするべきだという論者もいた。戦争に負けたのは国民がいけなかったのだから、全員で懺悔しよう、という主張である。「敗戦」を「終戦」といいかえることは、そういう混乱の続くなかで、八月十五日の数日後にはもう起きていた。いつのまにか「終戦」という言葉が新聞に出てきたのである。日本放送協会のラジオでも同じ言葉が使われはじめた。ぼくは、「敗戦」を「終戦」といいかえることに非常に違和感があったのでよく覚えている。

戦争責任を消した

「敗戦」を「終戦」といいかえることによって、何が起きるのか。日本国民を戦争に駆り立てた責任が消せるのである。「戦争は終わった」と認識することは、戦争を自然現象のレベルで見ることである。「台風十八号は過ぎ去りました」と同じだ。そこでは誰の責任かは問われない。

果たせるかな、あれだけの犠牲者を生み、国を悲惨のどん底に叩き落した第二次世界大戦の「戦争責任」は、日本国民の側からはついに問われなかった。「東京裁判」は戦勝国から見た敵国の指導者の裁判でしかない。この国を誤った方向に指導し、戦争の悲惨のなかに落としこんだ責任は、国民の側からは遂に追及されなかった。最高責任者であった昭和天皇は、連合国側の政治的判断で、責任追及されなかった。国民の側からの責任追及もされなかった。

一九四一年十二月八日早朝の臨時ニュース

「言葉のすり替え」という問題を考えると、あの戦争に関して、もうひとつ重大な事に気づく。それは、一九四一年十二月八日早朝の臨時ニュースである。ラジオはこう伝えた。「帝国海軍は西太平洋に於いて、アメリカ海軍と戦闘状態に入《い》れり」。

立川の柴崎小学校五年生だったぼくにも、「ああ、戦争がはじまったんだな」ということはわかった。しかし、「戦闘状態に入れり」とはどういう状態のことをいっているのか、なかなかわからなかった。

近頃になってやっとわかったのだが、これも「言葉をすこしずらして、本質を見えなくする」技法だったのだ。この臨時ニュースの言葉では、誰が戦闘状態を起こしたのかがわからない。この場合、事柄を正確に伝えるならば、「帝国海軍は、西太平洋に於いて、アメリカ海軍への攻撃を開始した」、或いは「アメリカ海軍と戦闘を開始した」というべきだったのだ。「戦闘状態に入れり」では、自然に戦闘状態になってしまったと感じられるではないか。

ここに至って、このあいまいな言い方が、実は、責任を取らない言い方であることがはっきりしてきた。主体が誰であるかをいわない。まるで自然現象として戦闘状態が生まれたかのようである。

「帝国海軍は十八号台風圏に入りました」。

こう考えてくると、「戦闘状態に入れり」と「敗戦」を「終戦」といいかえることは、同じ精神が生みだしていることがわかる。それは、事実を事実として正確に理解されてしまうと、起きたことに対する責任の問題が出てくる。だから言葉をすこしずらして、責任の所在を突き止められないようにしておく、というさかしい知恵なのだとぼくは思う。なんと、あの大戦争のはじめと終わりで、この国の指導部とマスコミは、同じさかしい知恵を働かせていたのであった。

「台風圏内に入りました」「台風は去りました」

なんという無責任さだろう。これに気がつくとがっくりしてしまう。だがこの無責任体制は、現在でもしっかり生きているのだ。

あの東京電力福島第一原発の大事故においても、結局誰も責任を取っていないではないか。原子力発電を主導した政治家や、計画を立てた専門家や、実行した技術者がいるはずである。だが、誰も責任を取っていない。原発被害で家を追われたり、病に苦しんでいる人たちは、戦争中の日本人と同じように、苦しみのなかに放りだされているのである。

あの真珠湾攻撃の火ぶたを切ったときには、「戦闘状態に入れり」といって、まるで「台風圏内に入りました」と同じようにいいくるめて責任の所在を見えなくした。そして戦争に負けたときには「終戦」といって、まるで「台風は去りました」という自然現象の説明のようにいいくるめて、また責任所在を見えなくした。為政者とマスコミのこの姿勢はまったく変わっていない。

安倍首相は、いま南スーダンで起きていることは戦闘ではなく、衝突なんだといって国民をいいくるめようとしている。われわれ庶民は、為政者とマスコミのこのような狡猾な言葉のずらし技法に騙されてはならない。これからも、用心深く、このようなずらし技法を見破っていかなければならないと思う。


（二〇一六年十一月二十日）

韓国の少女像撤去をしつこく要求する日本政府 (二〇一七年四月・71号)

韓国では、戦争中に日本軍が従軍慰安婦として戦地を連れ歩き、性の奴隷とした韓国人女性の名誉回復のために、少女像をあちこちに建立している。国内ばかりでなく、アメリカ、カナダにもあり、最近ではドイツでも建立している。また、韓国釜山の日本国総領事館前にも民間団体が建立した。韓国政府は、外交公館前はまずいということでいったんは撤去したが、韓国国内の強い世論に押されて、撤去を諦めた。それに対し、日本政府はその撤去をしつこく要求している。

日本政府は、日韓合意に基づいて、元慰安婦救済のために韓国国内で設立された団体に日本政府として十億円寄付したのだから撤去しろ、と主張している。韓国は現在、大統領が職務停止状態だし、国民の世論は撤去を認めないので、この問題は膠着状態である。

日本軍が戦争中、韓国女性を慰安婦として連れ歩いていたことは、世界に知れ渡っている事実であるが、日本国内では、その責任を認めようとしない勢力がある。これまでの議論では、その勢力の人たちは様々な責任逃れの論を展開してきた。曰く、「日本軍が強制的に徴用したのではない。彼女らはそれを仕事としていたのだ」。「日本軍が徴用したのではなく、民間会社が集めたのである」など。だが核心の問題は逃れようがない事実である。それは、「日本軍が韓国女性たちを、強制的に従軍させ、日本兵たちの性の奴隷としたこと」である。この事実は、韓国だけでなく、世界が知っている。だが、日本政府はそれに対してはっきり謝罪せずに、上記のような言い逃れを続けてきた。そして、先の日韓合意では、十億円を団体に拠出することと引き換えに、この問題は「不可逆的に」解決したことを韓国政府に認めさせた。だが韓国の国民が納得するはずはない。

責任を取らない日本の権力者たち

この欄でぼくはたびたび指摘してきたが、日本政府とその周辺で権力を握っている人たちは、何ごとについても責任を取ろうとしない。東京電力福島第一原発の大事故について、これまで誰も責任を取っていない。それればかりか、あの破滅的な大戦争にこの国を引きずりこんだことの責任さえ、誰も取っていない。従軍慰安婦の問題についても、戦後追及されたときすぐに謝罪すべきだったのに、それをしていない。世界中が知っていることなのだから、ごまかしようのないことなのだ。いまからでも遅くない。首相が誠心誠意、謝罪するべきなのである。だが日本の権力者たちから見ると、植民地であった国の無名の娘たちが日本兵の性欲のはけ口にされたことくらい、十億円払えば片づくことだということなのだろう。だがこの考えは、日本という国の名誉を甚だしく傷つけることである。日本人はこんなに無責任な人間なのか。「率直に謝ることのできない国民」であってはならないはずだ。

「世界の真ん中で輝く国にする」とうそぶく安倍首相

ところが、安倍首相はなんと、「世界の真ん中で輝く国にする」と宣言した。呆れた。若い女性を従軍慰安婦として日本兵の性の奴隷にしておきながら、それを謝罪せず、十億円払って、これで不可逆的に解決したことにすると強要する。そんな国の首相が「世界の真ん中で輝く国」と宣言したって、世界の誰が信じてくれるか。嘲笑されるだけではないか。安倍首相はそんなことにも気がつかないのか。

そのうえ気になることは、日本の新聞もテレビも雑誌も、この問題をまったくといっていいほどとりあげないことである。韓国の民間団体が韓国やいくつかの外国で少女像を建立していること、十億円出した日本が抗議していることは報道しているが、それがまったく恥ずべき抗議であることはほとんど誰も問題視していない。日本中の人が、あんなことはちゃんと謝らなくていいのだ、と思っているのだろうか。十億円払ったのだから撤去すべきだと思っているのだろうか。そうは信じたくない。ちゃんと謝罪しないことは恥ずべきことだと思っている人がたくさんいることを信じたい。かつて日本が植民地化して苦しめた韓国の若い女性たちのことだからなおのこと、日本人は心を遣うべきだと思っている人がたくさんいると信じたい。どうだろうか。

「平和国家」であるためには外国から「平和国家」として認められなければならない

あの「戦争法案」が国会で審議されていたとき、何万人もの日本人が国会を取り巻き、「平和憲法を守れ！」「子どもを戦争に出さない！」と叫んだ。それはまったく正しい。ぼくも叫んだ。だが、日本が戦争をしない平和な国家であるためには、外国、特に周辺の国家が日本を平和国家として認めてくれなければならない。そのときには、日本の普段の言動が評価される。

諸外国は、日本が韓国の従軍慰安婦について正式に謝罪していないこと、十億円拠出したのを根拠にして少女像の撤去をしつこく要求していることを知っている。これでは日本を真に信頼できる平和国家とは評価しないだろう。安倍首相と日本のマスコミはそのことに気づいているのだろうか。平和憲法をもっているだけでは、平和国家として生きていくことはできない。平和国家としての評価を、諸外国から得なければならないのである。この従軍慰安婦問題に日本がどう対処するのか、日本は責任を取るのか、諸外国の厳しい目が注がれていることを忘れてはならない。

被害の象徴としての広島原爆ドーム

日本は自らの加害の象徴としての韓国少女像は撤去せよと要求しながら、自らの被害の象徴としての原爆ドームは大切に保存している。この大きな矛盾を日本人は見ないようにしているのではないか。原爆投下は絶対に許せない非人道的行為だった。それは歴史に刻まなければならない。ぼくは、原爆ドームを大切に保存することは、原爆被害国日本の責務であると信じている。韓国の人たちが、従軍慰安婦の非人道性を永久に忘れまいと少女像を建立するのも、同じことではないか。韓国の女性の基本的人権を踏みにじった行為は、人類に対する犯罪であった。その意味で原爆投下と同じなのである。韓国の人たちが、自分たちが経験した人類に対する罪を永遠に形として留めようとすることは、アメリカ軍が人類に対して犯した罪の象徴である原爆ドームを日本人が保存しようとするのと同じ行為のはずである。それを日本として認めようとしないのは、あまりに偏狭である。その底辺には、韓国人に対する深い蔑視が横たわっているのではないのか。

加害の罪は謝罪しないが、十億円渡すから形を残すな

日本政府は、従軍慰安婦救済のための団体に十億円拠出した。それと引き換えに、少女像撤去を求めている。これは、国家としてあまりにもみっともないやり方である。日本は一方で原爆ドームを大切に保存している国なのだから、そのあさましい姿は一層くっきり見えている。

アメリカが「原爆ドームを撤去せよ」と要求してきたら、日本は撤去するだろうか？　しないだろう。このあさましい姿は、この問題を、日本の原爆ドーム保存と対置して論じようとしないマスコミの姿でもあるのだ。被害の象徴としての原爆ドームについては何かにつけて報道するマスコミが、韓国人にとっての被害の象徴である少女像については、それに関する日本政府と韓国政府のやり取りを報じるのみで、事の本質を論じようとはしない。マスコミ人のなかにも、韓国についてはなんとなく

蔑視する気分があるのではないか。そうでないことを望む。日本にまだジャーナリストがいるならば、原爆ドームの保存と、韓国の少女像撤去要求の矛盾を強く突いてもらいたい。この問題は、日本という国がこれから世界のなかでどう動いていくかという基本的な問題と直結しているからである。

日本人はあの戦争の半分しか見ていないのではないか

被害の象徴である原爆ドームは大切に保存するが、加害の象徴である韓国の従軍慰安婦の像は、その撤去を要求するというこの矛盾した行為は、日本人はあの戦争の半分しか見ていないことに根ざしているのだと思う。

戦争中、男性に召集令状（当時は赤紙といわれた）が来ると、家族は、「これは名誉なことです」といってお祝いしたり、神社で「武運長久」を祈ったりした。本人が駅から出発するときには、町中の人たちが集まって、旗を振り「君が代」を歌って激励し、万歳三唱をして、盛大に見送った。そのとき、母や妻や子どもたちは、必ず不安におののいたのに、「軍国の母は泣かない」という標語によって押さえつけられて、ぐっと我慢して、旗を振って見送ったのだった。

そして銃後の国民は、戦場の夫に、息子に、恋人に、父に、「武運長久」を祈って、「慰問袋」を送った。家族たちは、夫が、息子が、恋人が、父が、「お国の為に」「聖戦」を立派に戦っていると信じて疑わなかったのである。

敗戦によって日本兵は、捕虜になったり、戦争犯罪を追及されたりして、やっとの思いで家族のもとに帰ってきた。帰ってきた旧日本兵たちは、家族に、戦地で何をしたかはほとんど語らなかった。ぼくは、帰還兵たちが戦場での経験を家族に話したということを、まったく聞いたことがない。戦場での経験は、語られないままだったのである。ということは、銃後にいたほとんどの日本人にとっては、あの戦争は、愛する息子、夫、恋人、父の戦争なのである。そこには、普通の老婆を殺したり、子どもを殺したり、女性たちを連れて進軍して性の欲望を晴らした日本兵の姿はない。つまり、日本人は戦争の半分しか知らないのである。それだから、韓国人の痛みがまったく理解できないのだと思う。

以前にもこの欄で報告したが、ドイツは、自分たちが犯した罪を決して二度と犯さないという決意を世界に鮮明に示すために、ナチスの強制収容所をそっくりそのまま保存し、公開している。ぼくが日本人を案内するのは、ワイマール近郊のブーヘンヴァルト収容所だが、同じ収容所跡がドイツ国内に複数保存されている。そういう強い、断固たる姿勢があるから、ドイツはＥＵの中心的役割を果たす国家になることができたのである。日本と同じ敗戦国でありながら。日本は隣国といまだに従軍慰安婦問題を本当の意味で解決しようとしていない。これでは、日本という国家は、世界において信用され、平和国家として認められる国にはなれない。にもかかわらず、「世界の真ん中で輝く国にする」と平気でいう安倍首相。選挙で権力の座から追い払うしかない。

政治家の質の低下と無責任　（二〇一七年七月・72号）

いまの日本を見つめると、あまりにたくさんの問題が見える。なかでもとんでもないのが、安倍首相の「改正憲法を二〇二〇年に施行する」という発言である。そもそも憲法改正の問題は、国会の問題であって、行政府の長である首相がその施行時期について発言するということは、すじ違いも甚だしい。自民党内でもこれを疑問視する発言が出ているそうだが、疑問視しなかったら、政治家をやめなければならない。現在の自民党議員の多くは、安倍首相のもとで国会議員に当選させてもらってきたので、安倍首相に対して批判的に考え、発言することができないようだ。いや、そもそも政治についてのきちんとした知識も見識ももっていないので、あちこちでぼろが出てくる。

金田法務大臣は、テロ等防止法の審議でたびたび答弁に窮した。その挙句、「詳しい審議は成案を得てからにする」などと発言した。審議拒否に等しい。それでも安倍首相は彼を罷免しなかった。国会議員と閣僚の劣化は、いまや目を覆うばかりである。

復興大臣が「東北でよかった」と発言した。東北蔑視も甚だしい。さすがにマスメディアが激しく批判した。はじめは居座っていたが、批判に耐えられず当人が大臣の職を辞した。任命者である安倍首相が更迭したのではない。当人の辞意を安倍首相は慰留せずに認めた、というだけである。内閣総理大臣としての責任はまったく問題にされなかった。政党のなかでもマスメディアでも。

この欄では前々から指摘していることだが、この国では、政治的に何かが起きても誰も責任はとらないで終わってしまう。あの無謀な戦争の結末である敗戦の責任は、誰もとらなかった。あの悲惨な東京電力第一原発の大事故についても、誰も責任をとらなかった。責任が追及されるのは、ごく末端の出来事についてだけである。「責任をあいまいにする」という悪い習慣が、いまや日本人の性質のようになってしまったのではないか。そのことは、この欄で度々問題にしているように、いろいろな国際的問題にまでなってしまっている。

韓国の慰安婦を悼む少女像撤去を要求する日本

日本は韓国の前政権との間で、慰安婦問題について「日韓合意」なるものを獲得し、その合意は「不可逆的」であるとしてきた。つまり、もう戻すことはできない合意なのだとしてきたのである。もちろん韓国の民意は、ほとんどこの合意を認めてこなかった。大統領選挙の結果、革新系の文政権が誕生した。そして文大統領は、この「合意」について日本と再交渉すると述べている。今日現在、まだ行動は起こしていないが、いずれ日本に申し入れしてくるだろう。ぼくは、当然見直すべきだと考える。

ところが、日本の新聞、テレビでのこの件についての報道を見ていると、「韓国があの合意をひっくり返そうとしている。けしからん」という論調ばかりである。文大統領からの申し出はまだないので、激しい調子にはなっていないが、いずれ申し出が来た暁には、メディアはこぞって「けしからん」調になるだろうと思うと、気が重い。日本人にとってあの大戦争は、被害の歴史だけであることが、ますますはっきりしてくるだろうからである。

前にも書いたが、ぼくは北京で小学校時代を過ごしたので、陸軍病院へ慰問に行くたびに、傷病兵たちから戦場での武勇談を聞かせてもらった。子どもだし、戦争の最中なので、戦場での話を喜んで聞いた。だがそのなかにはひどい話がたくさんあった。進軍して行って、途中の畑でおばあさんが働いていると、必ず殺した。日本軍の行動をスパイするからだという。子どもでも殺した。ある村では、食い物を提供するというお触れを出して、村人全員を一軒の家に集め、その家に放火した。家から逃げだしてきた人間は、こちらから機関銃で皆殺しにした。南京攻略のときには捕虜を川べりに並べて立たせ、こちらから機関銃で撃ってなぎ倒した。捕虜は川へ落ちていったという。こういう話を、手柄話としてぼくたち子どもに話してくれた。そして、ずっと後になってからだが、日本軍は「朝鮮人の女」を連れて進軍していたのだと聞かされた。

日本の兵隊は、中国人に対する加害者だったのだ。そして、「朝鮮の若い女」たちを戦場まで連れ歩いて、性の奴隷にしていたのは事実なのだ。日本兵は加害者だった。加害を受けた人たちはこのことを忘れない。その許しがたい加害者の責任を追及するために、被害の証拠を残したいと思うのは、日本人が被害の記憶として原爆ドームを保存しておきたいと思うのと同じではないか。

だが、当時日本の国内にいた家族にとっては、そんな日本兵は優しい父であり、夫であり、息子であった。敗戦後帰国した日本兵は、戦地での行為についてはほとんど黙して語らなかった。家族に話せるようなことではなかったのだから。みんな語らぬまま、墓のなかに持って行ってしまった。そして戦後の時間は経っていった。それゆえ、現在のほとんどの日本人にとっては、あの戦争の記憶は、原爆や空襲や家族の戦死などの被害の記憶でしかないだろう。現在の日本人は、あの戦争のいわば半分しか見ていないのである。

韓国の人たちもあの戦争の被害の記憶をはっきりもっている。日本の植民地として、属国として苦しんだ記憶だから。その人たちが日本に対して、正式の謝罪を求めているのだから、正式に、誠心誠意、謝罪すべきだとぼくは思う。

日本は素晴らしい平和憲法をもっている。それは世界に誇るべき憲法である。その憲法をもっている国として、世界に向かって平和国家として生きていくべきだとぼくは思う。だが、そのためには、世界の国々、特に近隣の国々から尊敬される国でなければならない。その第一歩が、あの戦争で被害を与えた国々に対する心からの謝罪だと思う。

この謝罪は、戦争の直後にするべきだったのだ。だが、日本は韓国に対してそれをしてこなかった。こんなにややこしくなってからの謝罪なんて恥ずかしい限りだが、でも謝罪するべきだ。政治家はよく「未来志向」というが、未来を志向するためには、過去にわだかまりを残してはいけない。そんなことは、幼稚園・小学校での喧嘩の仲裁場面でも、当たり前に行われていることだ。

韓国の文大統領が「合意」の見直しを申し入れるまでもなく、こちらから申し出て、早く解決するべきである。国民の世論がそれを支えるように、マスメディアも頑張ってもらいたい。

「教育勅語を現在でも使うべきである」という防衛大臣がいる

この防衛大臣の理解力の低さに呆れる。「勅語」というのは、天皇が臣民に対して命令した文章である。あの「教育勅語」は、明治天皇が臣民に対して下した命令なのである。日本国は第二次大戦の敗戦によって、天皇が統治する国家であることをやめた。天皇制自体は廃止されなかったが、新憲法において、天皇は国の象徴となった。それにともなって、「教育勅語」は一九四八年に、衆参両院において廃止され、無効となった。無効となった「教育勅語」をもちだして、使えるいい部分もあるというのだから、発言した大臣の理解力の程度を疑わずにはいられない。

明治天皇は、「夫婦相和《あい》し、兄弟相信《あい》じ」といっているが、そうやって暮らしていて、いったん緩急あらば、天皇のために命を投げだすことをためらうなよ、と命令しているのが「教育勅語」である。だが、夫婦が仲良くやっていくこととか、兄弟が仲良くやっていくことは、天皇に命令されなくたって、人間として当たり前のことではないか。もし、防衛大臣が、日本人が夫婦仲良く、兄弟も仲良くやってもらいたいと思うなら、それだけいえばいいことであって、「教育勅語」に書いてあることに言及する必要はまったくないはずである。だがそもそも防衛大臣が、夫婦や兄弟の在り方にまで口を出すことが、極めて異様なのである。

あの「日本会議」のメンバーである防衛大臣がいいたいのは、「教育勅語」そのものの復活なのだろう。「夫婦相和《あい》し、兄弟相《あい》信じ」という誰でも疑わないような徳目を掲げて、日本人をまたあの「教育勅語」に近寄らせようという、長期的戦略を開始したのであろうとぼくは推測している。あの勢力はこの長期的戦略を一歩一歩実現させてきている。

「日本会議」の戦略は極めて長期的で、しつこい

「日本会議」という名称が一般に話題になるようになったのはここ数年のことのようだが、その歴史は古い。基本的人権の尊重や戦争放棄を宣言する平和憲法に不満をもつ勢力が、一九七四年に「日本を守る会」を結成した。圓覚寺貫主らの呼びかけだった。一九八一年に「日本を守る国民会議」なるものが結成された。男性天皇による天皇制の復活を主張していた。一九九七年にこの二つの団体を中心として、いまの「日本会議」が生まれたのである。日本で進歩的勢力がまだ活発に活動していた時期から、いわば水面下で、根気よく主張を広げていたのである。

「新しい歴史教科書をつくる会」もしつこく活動を広げ、その系列の教科書が実際に採択されるまでになってきた。文科省は公立学校の入学式、卒業式での国旗掲揚と国歌斉唱を強要し続けてきた。

それに抵抗して不起立をした教員には、厳しい制裁を課してきている。最近では、公立学校の運動会でも、国歌の斉唱が行われるところがあるとのことである。

全国の神社とそれを統括する神社本庁も、「日本会議」のメンバーである。多くの仏教のお寺もメンバーになっているとのことである。そして、選挙のときには神主さんやお坊さんが、氏子や檀家に特定の候補を推薦したという実話を、ぼくはあちこちで聞いた。これは、戦後日本の政治の根本思想である「政教分離」に違反している。

明治以来の日本では、伊勢神宮を拠り所とした天皇が政治を支配し、その挙句戦争に突入してしまった。その反省から、政治と宗教を厳しく分離してきた。その根本思想がいまや日本会議によって崩されつつあるのである。一般の庶民が厳しく監視し、選挙のときには賢く行動しないと、この国はあっという間に、あの軍国主義国家にもどってしまう。

（二〇一七年五月十六日）

権力側はすべてを隠す　（二〇一七年十月・73号）

この数か月、森友学園、加計学園の疑惑が追及されているが、追及される人間は異口同音に、「記憶にございません」と答えるだけである。日本の政治家と高級官僚はこんなに健忘症なのか、と思ってしまう。こんな忘れっぽい人間にこの国の政治や運営を任せておいていいのかと心配になる。

この国を武力で守るはずの自衛隊の幹部たちも、なくなるはずのない文書がなかったといったり、探したらありましたといったり。そして、当然報告を受けるべき立場の防衛大臣が、聞いていなかったといったり。自衛隊の組織としてきちんと運営されているのか、疑わしいことばかり起きている。

と、ここまではほんのからかい気分で書いてきたが、この様相は、実は権力側の本質的な行動であることを、ここで強く指摘しなければならない。戦争中の大本営発表や統制下の新聞報道、ラジオ報道はまさにこの通りだったのである。

一九四五年の敗戦のとき、ぼくは中学三年生だった。一九四一年の真珠湾攻撃のときは、小学校五年生だった。したがって、戦争中の日本の様子はよく知っている。

アメリカとの全面戦争開始を伝える大本営発表からして、すでに言葉を微妙に操作している。それは「帝国海軍は西太平洋において、アメリカ軍と戦闘状態に入れり」という発表だった。アナウンサーの緊張した声と話し方が忘れられない。いま、北朝鮮のミサイル発射を伝える北朝鮮のアナウンサーの声と話し方を見ると、いつも思いだす。あの緊張した、そして緊張をあおる声と話し方だったのだ。

落ち着いて考えてみると、帝国海軍が真珠湾を不意打ちで攻撃したのに、言葉は「戦闘状態に入れり」だった。攻撃を仕掛けたのに、自然に戦闘という状態に入ったといっているのである。「関東地方は今夕暴風圏に入れり」と同じだ。自然に暴風圏に入ってしまった。関東地方の責任ではない。つまり、日本という国を動かしていた軍部と権力者たちは、はじめから責任を取ろうとしていなかった。そのことは敗戦後になってはっきりした。あの大敗戦に対して、権力側の人間は誰も責任を取らなかった。東京裁判は、戦勝国が、負かした相手の親玉たちを捕まえて処分しただけの裁判であった。戦勝国としてはそれで済んだだろう。だが、苦しんだ日本国民からの、権力者への責任追及はまったくなされなかった。

戦争中の大本営発表と新聞、ラジオの報道を振り返ってみると、事実の隠蔽と言葉のすり替えばかりだった。権力側は、国民は騙しきれるとたかをくくっていたのである。

一九四二年六月、日本海軍はミッドウェイ海戦で壊滅的打撃を受けた。(この大海戦については、今日ではネット上で全容が読めるので一読をお勧めする)。だがそのときの大本営発表や新聞では、「軽微な損傷を受けた」というものだったので、ぼくたちは余り気に留めなかった。戦後、明らかにされたところでは、この壊滅的打撃が戦争全体の成り行きをすでに決定づけたとのことである。ものすごく大きな隠蔽が行われたのである。

一九四二年八月には、日本軍は西太平洋ソロモン諸島のガダルカナル島に飛行基地建設をすすめていたが、アメリカ軍の奇襲にあった。奪還をはかった日本軍の兵力は約九〇〇名だったという。そこへアメリカ軍約一万三千名が反撃に出て、大激戦の末、日本軍はほとんど全滅状態で退却した。このあたりのすさまじい、悲惨な兵隊たちの様子を、水木しげるが『総員玉砕せよ！』という漫画で描いている。彼はガダルカナル島への中継地ニューブリテン島で戦った、数少ない生き残りだったのである。

事実を伝えない大本営発表

だが、われわれ銃後の国民に知らされたのは、「わが軍はガダルカナルにおいて、戦略的転進をなせり」ということだけだった。ぼくは今年、南スーダンにＰＫＯとして派遣されている自衛隊が地元の戦闘に巻きこまれたとき、防衛大臣が「現地に衝突があった」と報告したので、ガダルカナルでの「戦略的転進」を思いだした。権力者側の発想は、第二次世界大戦のときとまったく変わっていないのである。国民に事実を正確に伝えることなどまったく必要ないと信じている。

日本軍がほとんど全滅した「インパール作戦」という大遠征があった。蔣介石軍への援助物資がインドからビルマを経て届けられているとみて、日本軍はその拠点であるインパールを制圧しようとした。地図で確かめてもらいたいが、インパールはビルマの西の端、インドとの国境に近いところにある。シンガポールを起点として考えても、タイ、ラオスなどを経て、広大なビルマの西の端まで進軍したのである。

この作戦自体が、国力を無視した、妄想的計画に見えるのだが、当時は本気に実行された。今日知られているところでは、兵隊たちは十分な食料もないまま進軍させられ、ほとんど全員が悲惨な死を遂げた。(インパール作戦についても今日ではネットで見られるので、ぜひ見てもらいたいと思う)。だが、銃後国民への報道は、やはり「戦略的方向転換」だったのだ。権力者は、都合の悪いことは隠す。現在の日本は、当時とまったく変わっていない。

戦時中の騙し言葉の仕上げは「終戦」であった。あれは完全に「敗戦」なのである。ポツダム宣言の完全受諾。無条件降伏。八月十五日直後の新聞では、これらの言葉がはっきり書かれていた。それがいつのまにか「終戦」に変わった。ぼくは中学三年生だったが、この変化はおかしいと思った。でも、いずれ正式の文章には「敗戦」と書かれるのだろうと思っていた。だが、それっきり。七十二年経つと、「敗戦」という言葉そのものが社会から消えてしまった。

そしていま、政治家と官僚たちは「記憶にありません」という。こういえばそれ以上の追及は免れると思っているのだが、この発言は、自分の能力の低さを白状しているようなものなのである。発言者には、人間としてのプライドがまったく感じられない。しかも、国民は誰も真に受けてはいない。逃げ口上であることは明々白々である。これで通用しているとは、いっている本人も思っていないのではないか。それでも「記憶にありません」で押し通す。これは、事実を隠し、親方を守るために、自分のプライドを捨てていっているのであろう。

だが、われわれ国民の側からいえば、事実を隠すことが許せない。それは戦争中と同じように、国民を支配する手段だから許せないのである。野党は、事実を明らかにすることを、まだまだしつこく要求するべきである。

安倍首相は、加計の計画を知ったのは、審議会で決定の日、一月二十日だといっているが、常識的に考えただけでも、永年の親友で、直前に十五回も会って食事やゴルフをしながら、加計にとって最大の事業である獣医学部開設の話をしないなんてことはあり得ない。これこそ、明々白々の嘘である。野党はあらゆる手段で証拠を固めて認めさせせなければならない。

万が一、安倍首相をはじめ政治家たちと官僚たちが、「記憶にない」で押し通し、文書のないことは承認せず、事実を隠し通すことに成功したら、この国の教育も総崩れになるだろう。この後、何かをしでかした生徒が「忘れました」といって悪事を隠しても、それを追及することはできなくなる。何しろ、高級官僚たちが「忘れました」といって逃れ、総理大臣が嘘をついて、事実を認めなかったのだから。

文科省では、新しい指導要領に基づいて、「道徳」を正式教科に組みこむ。だが今後、証拠を突き付けられない限り事実を認めないことと、「忘れました」を道徳の授業でどう扱うつもりなのか。総理大臣と政治家たち、そして高級官僚たちが連発している「記憶にありません」、「記憶にないから事実もありません」を「道徳」ではどう教えるべきなのか。現場の先生たちから質問が殺到するだろう。政治家と官僚はどう答えるのだろうか。われわれ国民はしつこく追及しよう。

「教育勅語」を子どもに暗唱させる幼稚園がある！

一連の騒動のきっかけになったのは、森友学園というところを、安倍首相が特別に支援しているのではないか、という疑惑だった。その過程で、「教育勅語」を子どもに暗唱させている幼稚園があることが知られた。これには多くの人が驚いたと思うが、このことについて当時の防衛大臣が、「教育勅語にはいいところもある」と述べたので、驚きはさらに広まった。

そして、一方では、この防衛大臣の発言を評価する極右の政治家たちの発言が増えた。この動きを見て、ぼくは、戦争前の天皇制専制国家へ回帰したいという願望がいまだに強く生きていることを、改めて知った。

「教育勅語」にもいいところがあるという。確かに、「父母に孝行し、兄弟姉妹は仲良く、夫婦は仲睦まじく、友人は互いに信じあい、博愛をみんなに施し、学問を修めなさい」というあたりは、どこの国にもっていっても通用する徳目だろう。だが、「教育勅語」のなかの文脈では、そんな単純なものではない。これらの徳目をあげる前に「汝ら臣民は」という主語がついているのである。「汝ら臣

民は父母に孝行し　云々」と続き、「非常事態のときには大義に勇気をふるって国家につくし、そうして天と地とともに無限に続く皇室の運命を翼賛するべきである」といってこの段落を結んでいるのである。「天と地とともに無限に続く皇室の運命」とは、国家「君が代」で「千代に八千代にさざれ石の磐をとなりて、苔のむすまで」と詠まれている皇室のことなのである。

しかもその先では「ここに示した道徳は、実に私の祖先である神々や歴代天皇の遺した教訓であり、皇孫も臣民もともに守り従うべきところであり」という。ここにあげてある徳目はどこの社会でも普通に考えられていることである。それを「私の祖先である神々の遺した教訓」とすることは、日本の神話を天皇の実際の祖先の記述とすることである。神話を歴史に仕立て上げ天皇家の神聖さを強調した、明治以来の天皇制思想そのものである。こういう事実に目をつぶって、「親孝行、兄弟仲良く、夫婦睦まじくなどはいいことをいっているのだから、現在でも使える」という主張は、絶対に認めることはできない。わたしたちは今後も、こういう一見もっともな、しかし天皇制専制国家への回帰をめざす発言や動きを、断固として排除していかなければならない。子どもたちに幸せな未来を贈るためには。

（二〇一七年八月二十三日）

（ここに紹介した「教育勅語」の現代語文は、高橋陽一、伊東毅著『道徳科教育講義』からの朝日新聞による引用である）

みんなが空気を読んだらどうなるか　（二〇一八年一月・74号）

二〇一七年十月の選挙での自民党大勝にはいろいろな分析がありうるだろうが、ぼくは、北朝鮮のミサイル発射を日本への直接的脅威として宣伝し、Ｊアラートまで発令して脅威を体感させておいて、安倍首相が「日本を守る」という選挙スローガンを掲げたことが、最も強く影響したと見ている。実に悪質な選挙運動である。

そもそも北朝鮮が目指しているのは、アメリカ本土まで到達するＩＣＢＭ（大陸間弾道弾）の開発であって、日本を狙ってのミサイル発射ではなかった。襟裳岬上空を通過するといって騒ぎ立てたが、それは超高空の通過であって、航空機が遭遇するような高度ではない。それなのに、Ｊアラートとかを発令して、子どもたちに、防災頭巾をかぶらせて、机の下にもぐらせたりした。あれは国民の恐怖心をあおるため以外の何ものでもなかった。

何かの故障による落下物に対する警戒であるという説明もしたようだが、そもそも落下物は不規則な軌道で落下してくるのだから、どんな迎撃システムでも絶対に把握できない。ミサイル攻撃に対しては、Ｊアラート自体がナンセンスなのである。Ｊアラートをミサイル攻撃に対して活用しようという発想は、当局が第二次大戦でのＢ29による空襲のイメージから脱却できていないことを暴露してしまった。

当時は、B29がサイパン島などの基地から飛び立つと、それを察知して防御態勢を発動し、国民には防空頭巾をかぶって防空壕に入れとか、安全なところに避難せよと命令したのである。投下されるものは焼夷弾がほとんどだった。日本の建物は木造だからである。それでも防空頭巾は確かに役に立った。何かの破片が飛んできたときには頭を守る働きはできたから。だが、ミサイルが核弾頭をつけて飛んでくる現代の戦争では、通用しない防御方法である。ミサイルに防災頭巾。やはり日本はいまだに第二次大戦での敗戦経験のなかにいるのである。

そして、悲しいことに、日本のほとんどのマスコミも、あの戦争中の空襲とミサイル攻撃との違いをきっちり説明して、防災頭巾の滑稽さを暴露することはできなかった。

ぼくが深刻にとらえるのは、あのときの日本中の雰囲気では、「そんなバカなことするな。防災頭巾でミサイルが防げるか」ということは極めて難しかったということだ。まわりの空気が、もう防災頭巾をかぶって机の下に潜りこむことになっているからだ。その空気を読まないとまわりからつまはじきにされてしまうからだ。マスコミもその恐ろしさを感じ取っていわなかったのではないかと思う。

戦争中がそうだった。軍人がやってきて、国防婦人会の婦人たちを集めて、竹槍の訓練をした。そのとき、「竹槍でB29に立ち向かえ」と叫んでいた。いまから考えれば笑い話である。だがそのときには、笑うことはできなかった。みんな、おかしいと思いながらも、まわりの空気を読んで、黙って竹槍を突いていた。

いま、日本人がするべきことは、アメリカの尻馬に乗って北朝鮮に圧力をかけて、ミサイル実験をやめさせようとすることではなくて、北朝鮮とアメリカの立場を、その歴史を振り返りながら冷静に見ることなのである。

アメリカは核兵器をもちながら北朝鮮にはもつなという

北朝鮮と韓国・アメリカの関係では、朝鮮戦争はまだ終結していない。実際に戦争が行われていないだけで、まだ戦争状態にある。平和条約はまだ締結されていない。だから、北朝鮮は、いつまた攻撃されるか不安なのである。しかもアメリカは、北朝鮮の政権打倒をさえちらつかせている。だから韓国・アメリカと対等な立場での平和条約までこぎつけたい。アメリカと対等になるには核兵器をもたなければならないと考えている。その努力なのである。

アメリカはそれを認めようとしないが、実は、アメリカ自身は核兵器をたくさんもっているのである。

アメリカは北朝鮮に核開発をやめろと強硬に要求しているので、北朝鮮だけが核兵器をもとうとしているのだと思いこんでいる日本人が多いのではないか。実は世界には、ロシア、アメリカを筆頭に八か国が核兵器を保有している。日本の「福島原発事故の真実と放射能健康被害」という団体の調査を一覧表として掲げておこう。

国名	保有する核兵器数
ロシア	7000発
アメリカ	6800発
フランス	300発
中国	270発
イギリス	215発
パキスタン	130発
インド	120発
イスラエル	80発

（参照：http://www.sting-wl.com/nuclear-weapons.html）

北朝鮮からすれば、これだけの国が核兵器を保有していて、しかも、アメリカは北朝鮮の国家としての在り方を脅かす発言をしているのだから、自己防衛のために、核兵器を保有しなければならないと考えるのは、無理からぬことではないか。ましてや現実に、イラクは核兵器をもっていなかったために、アメリカにつぶされたと北朝鮮は理解しているのだから。

政治家がするべきことは、アメリカと国連を動かして、北朝鮮に対して国家の安全は脅かさないと断言して、安心させることではないのか。世界には核兵器なんかもたないで平和に暮らしている国のほうが圧倒的に多いのだから、その仲間入りをさせることが大切なのである。

そして北朝鮮に対しては、国連が保証するのだから、アメリカは違反できない。安心して核兵器をもたない国の仲間入りをしなさいといってやることではないのか。

それが外交というものだろう。日本は被爆国として、アメリカにも北朝鮮にも強くものがいえる立場のはずである。トランプ大統領とゴルフに興じたり、娘のファッションを褒めたりするのが外交ではなくて、以上のようなことをうまく進めるのが外交なのだと思う。

われわれから見れば問題は、なぜアメリカはこれほど北朝鮮を敵視するのか、危険国家だと決めつけるのかである。日本の政治家やマスコミは、そのことを問題視するべきなのである。

この問題の答えは、トランプ大統領の今回のアジア歴訪で明らかになったと思う。危険な敵を作り上げることによって、アメリカの武器を売りこみたいのである。トランプは正に死の商人であった。極めて露骨に。

死の商人の黒い手に乗るな

日本にも巨額の死の兵器購入を押しつけた。中国に対しては二十八兆円の商取引を呑ませた。ほかのアジア諸国においても、巨額の武器購入を押しつけた。正に死を売りつけた商人である。こういう面を日本のマスメディアはほとんど報道しないで、トランプ親子をまるでアイドルのように報じて終わった。

イバンカという娘については、まるでトップスターの来訪のような扱いだった。しかも、彼女がしている「女性の活躍を支援する活動」とかに五十七億円の寄付をしたという。日本のマスコミはそれを讃えた。あんな報道の仕方をして恥ずかしくないのか。アメリカへのへつらい以外の何ものでもない。マスコミが大騒ぎしてもてはやすので、日本の国民はそれを平気で鵜呑みにして受け入れてしまった。鵜呑みにした国民にもしっかりしてもらいたいが、ぼくはマスコミの不見識な報道ぶりを責める。

マスコミがしっかりしなければ

死の商売行脚であることをかくすためのイバンカ登場だったが、日本のマスコミはアメリカのその仕掛けにまんまと乗ってしまっていた。権力側が仕立てた筋書きにまんまと乗ってしまって、国民をその方向に駆り立てる役割をしたのだ。こうなると、自衛隊の海外派遣のような局面になった場合、マスコミは政府の仕立てた筋書きに簡単に乗って、国民を政府の思うままの方向に駆り立てる役割を担うだろう。

韓国の従軍慰安婦の記念像については、いつまでもしつこく抗議する。よその国々では、抗議する姿そのものが奇異に見られているというのに、それには気がつかないで。あるいは気がつかないふりをして抗議を続ける。マスコミは、そのことへの自己批判などまったくしないで、イバンカ賛歌に熱中した。トランプと安倍首相のゴルフなどで、親しさを嬉々として報じていた。安倍首相のへつらいを批判する報道はほんのわずかしかなかった。日本とはいったいどういう国なんだろう。

諸外国ではトランプに対する日本のへつらいを批判する記事があちこちに現れたという。だが日本のほとんどのマスコミはそれを大きく報道する勇気さえなくしたようだ。「空気を読んだ」のだろう。

こういう日本で、共謀罪法が動きだし、防衛新法が動きだし、憲法九条に自衛隊が明記されたら、みんな空気を読んで、口をつぐみ、あっという間に専制国家になっていくだろう。思えば、一九四〇年、帝国議会で斎藤隆夫が「反軍演説」をしたのに、国全体は太平洋戦争に突き進んでしまった（一九四一年）。あのときも国中で、個人もマスコミも空気を読んで口をつぐんでしまったのであろう。

マスコミは斎藤隆夫を支えきれず、しかもそれを「反軍演説」であるとして報じた。そしてたちまち、軍の方針に反することはいえないという雰囲気を全国的に作りあげた。国民は、みな「空気を読んで」それに賛成し、あっという間に戦争に突入できる雰囲気を作りあげてしまったのである。

そういう事態は絶対に食い止めなければならない。われわれは、みんなが空気を読んだ結果、悲惨な戦争を開始し、悲惨な敗戦をしたのだから。子どもや孫たちに同じ苦しみを与えてはならない。

（二〇一七年十一月十六日記）

明治三十七・八年戦争はいまから何年前ですか？

元号をやめて西暦にしよう　（二〇一八年四月・75号）

タイトルは日露戦争のことである。あれは何年前の出来事だったのですか。この問いにすぐ答えられる人はほとんどいないだろう。「えーと、明治は四十五年で、大正は十五年で、昭和は六十四年で、いまは平成三十年だから」。といっても単純に足し算することはできない。元号が変わる年はだぶっているからである。そうなるとほとんどの人は計算を諦める。「とにかく昔のことだ」と。

つまりわれわれ日本人は、歴史を継続的には把握していないのである。明治という四十五年のひとかたまり、大正という十五年のひとかたまり、昭和という六十四年のひとかたまり。つまり歴史を現在につながるロングスパンで把握していないということを認めざるを得ない。

そのことは、現在の自分を、そして現在の日本を、過去から連続した長い歴史の中に置いて見ていないことを意味する。そして同時に、過去の出来事を現在との連続のなかで見ていないことを意味する。

「過去の歴史から学ぶ」ということはよくいわれる。だが、現在との関連において過去の歴史を把握しているだろうか。「大正時代にデモクラシーが叫ばれました」とはいう。だがそれが、昭和に入ってどういう変化をたどったのか、そして軍国主義日本にどう変化していったのか、それの結果として現在の日本はどうなっているのか。その連続的把握は、極めて弱いのではないか。

その最も悪い例が、「日本を取り戻す」というあのキャッチフレーズである。その「日本」とは何なのか。まったくわからない。おそらく、日本を近代化し、富国強兵を唱え、資本主義経済を打ち立てた明治時代を想定しているのだろうが、これこそ、「明治時代をひとかたまりとして捉えた発想」である。現在へのひと続きの長い歴史として捉えていない。

一例をあげれば、韓国の元慰安婦に対して正当な対応ができないことも、その表れである。あの少女像の撤去をしつこく迫り、十億円という金銭で解決しようとした。日本政府をはじめ多くの日本人にとって、昭和の戦争時代は、現在につながる歴史ではないのであろう。「昭和というひとかたまり」のなかの出来事であり、それは都合の悪い出来事だから、かたまりのなかに閉じこめてしまいたい。そういう発想が基本にあると思われるのである。

時間的に短視眼であり、その視界の外にあるものは見ないことにしている。それが我々日本人の共通した癖になっている。しかもこの短視眼性は、時間についてだけでなく、地理的にも働いている。

このことは世間ではほとんど問題にされていないが、ぼくは日本という国の足もとに横たわる大きな問題だと思う。

地理的短視眼性

第二次世界大戦中の一九四四年、南方方面軍は、中国の蒋介石軍に対して連合軍がインド・ビルマ経由で軍需物資の補給をしているとにらみ、その拠点であるインド北東部のインパールを攻略する作戦を立てた。世にいう「インパール作戦」である。インパールは、地図で見るとよくわかるが、インド北東部にある。当時、日本軍はシンガポール、タイなどを支配下に置いていたが、そこから見ても、インパールは広大なビルマを北西に横断した約四六〇キロ先である。しかも全土が深い山脈を形成していて、大きな河もある。日本軍は軍需物資や弾薬の運搬と食料の運搬を兼ねて、牛や馬の背にそれらを載せて進軍したと伝えられている。だが、敵の襲撃を受けると、牛や馬は恐れて逃げだし、日本軍は食料と軍需物資、弾薬などを同時に失うこともしばしばあったという。その挙句、日本軍はインパール制圧どころか、敵の反撃に耐え切れず、軍隊は敗走して壊滅し、四万人の兵隊のうち約三万人が戦死したという。戦死とはいうが、実は敗走中の病死、餓死がほとんどだったということだ。（この作戦についてはＮＨＫが「戦慄の記録　インパール」という記録番組を放映したし、火野葦平の『インパール作戦従軍記』（集英社）に詳しい）。

この大作戦の失敗にもかかわらず、最高司令官であった牟田口中将は無傷で帰国し、さらに栄進したというが、この無責任体制の問題は本稿からは外れるので、ここでは指摘だけにとどめる。

ぼくがここで問題としてとりあげるのは、ここでは、短視眼性が地理的にも働いているということである。

陸軍の参謀本部でも、南方方面軍の参謀本部でも、大河と山脈を越えていく約四六〇キロという距離が、いかなる距離であるかについて、具体的にイメージできなかったのではないかと思う。地図の上では計算していただろう。だが、実際にその距離を越えて行くについての具体的イメージは描けなかったのだと思うのである。参謀たちが描いたイメージは、自分の故郷の山や川、野原だったのではないか。せいぜいその連続の風景。

参謀一人ひとりの生い立ちは知らないが、おそらく日本国内で育ち、暮らしてきただろう。そういう人物が軍隊の参謀に昇りつめても、頭のなかに描くイメージは、日本の美しい、こじんまりした、箱庭のような風景なのではないか。これはその生い立ちからくることなので、どうしようもないことである。

だが、インパール作戦で約三万人もの犠牲者を出したことに対しては、どうしようもないことではすまない。冷静に考察しなければならない。ぼくはそこに、歴史を元号で区切って短くして見てしまうのと同じ、地理的短視眼性を感じるのである。だが、そもそもあの大戦争を仕掛けたこと自体が許せないことなのである。

昔話にも同じ性質が

ここに至って、昔話研究者であるぼくは、日本の昔話のなかに同じ性質があることに気がつく。

日本の昔話の基本的構造は、「主人公が自然のなかの何かと出会って、何かをする」ということに尽きる。「三枚のお札」では山姥と出会う。「馬方と山姥」でも山姥。「つる女房」では鶴に出会う。出会って何をするかというところに注目すると、話のすじになり、話型を形成することになるのだが、何かと出会うその場所に注目してみると、あまり遠方ではない、近くの山であることがはっきりしている。里山といえるほどの感じである。日本で昔話を語り伝えてきた人たちの空間把握は、こじんまりしたものだったことがわかる。

このことについては、「いや、日本の昔話にも、『天人女房』とか『天の庭』とか『仙人の教え』など、はるか彼方まででかけていく話がある」という反論はありうるだろう。

確かに「天人女房」では、いったん奪われた羽衣を取り返した女房は、羽衣を着て天へ昇っていくし、夫は後を追って天へ昇っていく。だが「天人女房」は世界的に分布する話型で、日本の話はその一分布型なのである。『国際昔話話型カタログ』（ATU）では、四〇〇番の（3）に相当し、その分布は世界的であることが示されている。「仙人の教え」も同じように広く世界的に分布する話型なのである（ATU四六〇A）。

世界的に目を広げて見ると、彼岸の世界を極めて遠くに想定している話がある。ノルウェイの昔話「太陽の東、月の西」では、主人公は失われた夫を求めて、太陽の東、月の西まで尋ねていく。ところが日本の「つる女房」では、正体を見られた女房が、「私の姿を見られたら、もうここにはいられません」といって鶴になって飛び去るが、夫は鶴を追っていかないで話は終わる。太陽の東、月の西というような遠い世界は、日本人の語り手には想定できなかったのであろう。

グリム童話九七番「生命の水」では、主人公は生命の水を求めて、はるか彼方まで旅していく。一方日本の場合には、人を若返らせる不思議な水に出会うのは、ほんの裏山である（「若返りの水」）。

このように、彼岸の世界がごく近くに想定されており、彼岸者との出会いがごく近い山や川で起きたように想定されているということは、われわれ日本人の空間把握の在り方を示しているものと考えられる。

そういう空間把握の在り方がなぜ生まれたのか、という問題については、いろいろな議論がありうるだろう。ごく常識的にいえば、日本は国土が狭いからと考えられるし、ほかにもいろいろな理由が考えられるだろうが、われわれ日本人の空間把握の在り方が短かったことは確かである。

昔話のなかならそれで済むことだが、インパール作戦の悲劇的な大失敗は、実はこういう根深い、日本人の空間把握の在りようから生まれたことだったのではないか、となると重大問題である。多数の生命が奪われたのだから。

元号で歴史を区切ることによって身についてしまった歴史の短い把握の仕方は、実は空間の短い把握の仕方と融合していると考えられる。空間のこの短視眼的把握様式は、あの大戦では、戦略を考える上で決定的な弱点となり、多くの死者を出した。

ガダルカナルでの壊滅的敗北

インパール作戦だけではない。あの太平洋戦争そのものの全体的構想自体のなかに、この短視眼的把握様式が働いていたと思われる。

一九四二年から、日本陸軍は、ニューギニアの先、ソロモン諸島のガダルカナル島でアメリカ軍と対戦し、最後に壊滅した。この地は日本本土から約三千キロ離れたところである。参謀本部が、三千キロ離れた島まで、アメリカ軍と戦闘できるだけの兵士と武器弾薬と食料を運搬できると思ったこと自体が空想の産物だったと思う。具体的にはイメージできていなかったと思われる。「九州から台湾までは三百キロである。ガダルカナル島までは三千キロだから、その十倍である」という程度の計算だったのではないか。台湾までの三百キロと、その次の三百キロ、又その次の三百キロ、又その次の三百キロとでは実態はまったく別だということがイメージできなかったのではないか。つまり、地理的短視眼でしか見ていなかったのではないかと思われる。参謀本部では、地図の上では距離を知っていたに違いない。だが、兵隊と武器弾薬と食料をその距離だけ運んでいくことを、実態的には把握していなかったに違いない。その結果兵隊たちは、地獄の苦しみを強いられて死んでいった。名誉の戦死でも何でもない。捨てられて死んでいったのである。

そもそも戦争は、人間の愚かさの極限的表われである。だから決して戦争はしないという決意をゆるがせてはならない。

元号をやめて西暦を採用しよう

日本は近代化されて久しい。だが時間的、地理的短視眼性はまったく克服できていない。これから若者たちが世界のいろいろな人たちと交流していくとき、この短視眼性を引きずっていることは、大きなマイナスになる。それを克服する大事な道は、西暦を採用することである。天皇の退位がはじめて行われる、大きな変換のときである。日本のこれからの歴史を考えて、決断をするべきときだと思う。

西暦はキリスト教歴だから、神道、仏教の日本にはそぐわないという意見は当然あるだろう。だが、無神論の共産主義を奉ずる中国は、とっくに西暦を採用している。同じくロシアも西暦である。

そもそも王による元号を定めたのは、中国の前漢の専制君主、武帝だったとされている。紀元前二世紀のことである。その制度を、二十一世紀になっても守っている国は、もう日本しかないのではないか。元祖中国は、共産党が政権を握ったときから、「民国」を廃止して、西暦を使っている。

ところが新聞やテレビを見ていると、「次の元号にはＭＴＳＨは避けたほうがいい」というような議論ばかりが盛んである。なんという視界の狭さか。ちぢこまった日本人の姿しか見えない。西暦使用を叫ぼうではないか。

（了）

あとがき

最終原稿を編集部に提出したあとも、「この国は壊れてしまったんじゃないか」と心配になるような出来事が次々に起きている。

加計学園の理事長と安倍首相が、微妙な時期に会談していたことを示す文書が、愛媛県側の文書として出てきた。

それをめぐって、加計学園も安倍首相も否定しているが、その理事長を国会に招致することは、安倍首相が頑として拒否している。問題ないなら、本人に国会で証言させればいいではないか。ところが最近になって、加計学園は、あの報道は学園の職員が、申請が受理されやすくなるようにでっち上げたものであると発表した。しかも一枚の紙を配っただけである。

もしこれが本当ならば、加計の獣医学部新設は虚偽申請に近いことになる。愛媛県知事は、県がだまされたことになるので怒っているが、与党は知事に国会で証言させようとしない。

自衛隊の日報は、なかったものがあったということになったが、そのことが防衛大臣に届くまで一か月もかかった。防衛省で文民統制ができていなかったことの証左なのに、

「担当者がうっかりしていました、すみません」で終わり。

国会での審議を見ていると、官僚たちは、ひたすら事実を隠すことと、安倍首相を守ることに専念している。

ぼくには、戦争中、軍部と政府の官僚たちが、事実を隠し、ひたすら権力の保持に尽くしたことと重なって見える。その挙句は、国家として破滅したのである。

こういう状況のなかでたったひとつ、明かりをくれたのは、危険タックルで非難された日本大学のアメフトの選手が、「顔を見せないと謝罪にならない」とマスコミの前にひとりで現れ、正直に話してくれたことだった。監督とコーチの指示だったと思ったことを認め、もうアメフトをする権利は自分にはないと明言した。

二十歳の青年がここまではっきりと責任を取ったのに、監督、コーチ、そして日本大学のおとなたちの行動と発言の、なんとぶざまなことか。大学とは教育機関のはずなのに、危険タックルのあと、数日間一切発言せず、自学の三年生の学生をひとりでマスコミの前に立たせてしまったことだけで、「あなたたちほんとに教育機関の人間なのか」と問い詰められるべきである。

政治家たちは、おかしなことを強引に進めている。ひとつは、ギャンブル解禁である。国内に公認のギャンブル天国をいくつか作るという。ギャンブル依存症が必ず生まれることが分かっているのに、なぜそんなものを作る必要があるのか。それはひとえに業者の金もうけのためである。

もうひとつは、働き方改革である。あれは働き方改革ではなく、「働かせ方改革」である。完全に使用者側に都合のいい制度なのである。ひどい働かせ方をされて健康を害しても、それは個人事。会社は、政府は責任をもちません、という話。戦争中、政府は召集令状一枚で男を戦争に駆りだした。そして命を落としても、それはその人個人の運命さ、で終わった。

森友、加計問題に世間の目が集まっている間に、自民党は、これまで国内総生産の一パーセントを厳守してきた防衛費を、十年後に二パーセントにする方針を固めた。そして、護衛艦を空母に改修する計画も立てた。三沢基地へのＦ35戦闘機の配置は、四十二機体制を進めている。アメリカの軍需産業振興に貢献し、この国を戦争する国へと仕立てつつある。

ぼくは日本を見つめ続ける。

二〇一八年六月十八日

小澤俊夫（おざわ　としお）

１９３０年中国長春生まれ。口承文芸学者。

東北薬科大学講師・助教授を経て、日本女子大学教授、独マールブルク大学客員教授、筑波大学副学長、白百合女子大学教授を歴任。国際口承文芸学会（ISFNR）副会長及び日本口承文芸学会会長も務めた。現在、小澤昔ばなし研究所所長。「昔ばなし大学」主宰。

グリム童話の研究から出発し、マックス・リュティの口承文芸理論を日本に紹介。その後、日本の昔話の分析的研究を行い、昔話全般の研究を進めている。２００７年にはドイツ、ヴァルター・カーン財団のヨーロッパ・メルヒェン賞、２０１１年にはドイツ・ヘッセン州文化交流功労賞を受賞。

著書：『昔話の語法』（福音館書店）、『ろばの子―昔話からのメッセージ』『グリム童話集二〇〇歳』『昔話のコスモロジー』（以上、小澤昔ばなし研究所）、『働くお父さんの昔話入門』（日本経済新聞社）他。

訳書：マックス・リュティ著『ヨーロッパの昔話―その形と本質』（岩波書店）、同著『昔話　その美学と人間像』（岩波書店）他。

日本を見つめる

2018年　9月5日　初版発行
2019年　1月25日　第2刷発行

著　者　小澤俊夫

発　行　有限会社　小澤昔ばなし研究所
〒214-0014　神奈川県川崎市多摩区登戸 3460-1　パークホームズ 704
TEL　044-931-2050　E-mail　mukaken@ozawa-folktale.com
発行者　小澤俊夫
印　刷　吉原印刷株式会社
製　本　株式会社渋谷文泉閣

ISBN978-4-902875-88-1 Printed in Japan

OBSERVATIONS ON JAPAN
written by Toshio Ozawa
published by Ozawa Folktale Institute, Japan

小澤昔ばなし研究所の本

小澤俊夫の昔話講座① 入門編
こんにちは、昔話です
小澤 俊夫
四六判一九二頁
一〇〇〇円＋税

改訂 昔話とは何か
小澤 俊夫
四六判二七二頁
一八〇〇円＋税

国際昔話話型カタログ
分類と文献
ハンス＝イェルク・ウター
加藤 耕義 訳
A5判二二八八頁
一八〇〇〇円＋税

グリム童話の旅 グリム兄弟とめぐるドイツ
小林 将輝
四六判一〇四頁
一五〇〇円＋税

昔話からのメッセージ
ろばの子
小澤 俊夫
四六判二二四頁
一八〇〇円＋税

ときを紡ぐ（上） 昔話をもとめて
小澤 俊夫
四六判二六四頁
一八〇〇円＋税

定価は消費税別です